敵人的櫻花

王定國

「我做得不好，請多指教。」

——秋子

目次

（自序）想要表達的並不是悲傷…… 007
第一章 013
第二章 059
第三章 133
第四章 219
（推薦）愛的輓歌／陳芳明 247
平反「寫實」，平反「悲情」／楊照 253
一隻羊與馬林魚／賴香吟 261
補白／初安民 269

（自序）

想要表達的並不是悲傷……

我對聲音十分敏感，有時敏感到不喜歡聲音。

小時候就有一些跡象，最早學會的是沉默不語，可以整天不說一句話，耳邊聽到的都是別人的噪音。潦倒的父親常因為我這種古怪，突然就會一巴掌打過來，氣急敗壞地叫著：講話啊，汝講話啊。

我靜靜地看著他，並沒有伸手摀著臉，而是看著他的手掌停在半空，當它即將又要揮過來時，我幾乎已經聽見母親藏在心底的哭泣，但她只能無助地站在旁邊催促著：緊講啦，汝緊講啦。

通常都是因為父親突然問了什麼，而我沒有回答。

他大概想要進一步了解這孩子究竟怎麼了，曾在下工後跑到鹿港國小的操場，那時全班為了校運正在練習走步，我那同手同腳的笨模樣混在隊伍中，全都被他看在眼裡，回家時他兩手貼在腰後，整個人癱靠在牆上，絕望地對我母親說：恁爸慘囉……。

十多年後一個寒冷的清晨，天邊猶有幾顆殘星，我卻已經穿著草綠色的軍服，緩緩踏上廣場前的司令台，獨自面對著營區裡數百名的官兵。我挺胸敬禮，目光如炬，喉嚨裡悄悄嚥下冷冽的、以及冷冽中逐漸回溫的口水。

嗯，浩瀚人海蒼茫，四下寂然無聲，此刻的世界就等著我了。我從腋下取出了那本領袖遺訓，請他們打開第幾頁，旋即聽見一片翻書之聲在夜色天光中颯颯齊鳴。

我開始讀訓。全場無一人盹睡，靜謐中每隻眼睛熒熒發亮，我那字正腔圓的鏗鏘之氣如同君臨天下，每個聲韻懾人肺腑，每到一個段落結束猶有繞梁餘音。我甚且喜歡訓詞中那些突然出現的囉嗦長句，喜歡那可愛的逗點一路綿延不絕，讓我不必急於收斂情緒，嗓音有時高亢有時忽然婉轉低迴，像出征前的將領振奮著軍心，也像個演說家來到忘我之處幾乎飛上天際。

那時的我，轉瞬之間離開了沉默的軀殼……。

過後不久，二等兵成了軍中紅人，鹿港小子王某某，開始負責編導一個團康節目，原本只在連隊晚會中取樂自娛，不料接下主持棒後屢屢過關斬將，殺進營部如同探囊取物，沒多久還把整個旅拿了下來。且不只這樣，兩個月後不僅贏得陸總部第一名，還因此跑了兩次的華視攝影棚，連續幾週在莒光日的電視節目中登場現身。

悠悠數十年一瞬而去，我不曾說過的這段往事，一直到我結婚、生子之後依然藏在心裡。所有的朋友，以及當時只能對我搖頭嘆息的父母親，至今還沒聽說過當年的我曾經如此窘迫與瘋狂，像個啞巴突然一瞬間慷慨激昂，在那短短兩年的軍旅中把所有心裡的委屈一次吐光。

我一直在摸索那是什麼？同一個軀殼裡，住著兩種情感的肉體，強與弱對峙，熱與冷相逼，當有一方耗盡力氣時，另一方反撲回來接手殘局。

我也在尋找那可怕的沉默究竟從何而來，只記得短暫的童年不停地搬家，搬家搬家搬了八次家，每個侷促之地陌生荒涼，半夜從暖榻裡醒來還有莫名的疑懼，害怕睡過頭又將置身在另一處冰冷的寒微中。

後來我才知道那些都是悲傷。悲傷沒有固定形式，不見得滿臉淚水，它以沉默的姿態出現，含括著當時我的堅強、恐懼和孤單，長期把我禁錮起來，然後一瞬間把我釋放。

那麼，為什麼那些悲傷還在呢，因為很多話還沒有說完。

同樣的軀體，兩種不同的情感分道揚鑣。

那字正腔圓的傢伙，畢竟嘗過了甜頭，踏進了社會還保有一股鏗鏘之氣，懂得人生沒有想像中艱難，萬不得已的時刻就該發聲，把沉默踢到一邊，只要勇敢就能說出原本說不出來的聲音。

他回復了咬字不清的台灣國語，從一個基層業務員做起，面對客人難免顯露慌張，有時還會臉紅，卻又不知道改換跑道後何去何從，只好硬著頭皮撐下去，一直走到中年後的現在，夥伴們陸續走光了，他還留在路上。

另外就是那個可憐的孩子，啊，那沉默的我，十七歲開始迷上了閱讀，文學啟蒙來自寂寞的街頭，常常獨自站在一長排舊書攤的昏暗中，一字一句啃噬著文學的精髓，並且大量吞嚥西方的文學主義和各式潮流，也試著把淺薄的字句寫在紙上，腦海裡充滿了懵懂之美，在那孤寂的歲月留下了蒼黃的畫面。

四十年後，兩種情感意外結合，完整的我總算回到了書桌。

去年冬天，開始寫作《敵人的櫻花》。

初筆採用第三人稱，寫完首章頗為得意，節奏俐落明快，人物進出滿布懸疑，而且寫作之筆居高臨下，毫無沾染他人的卑微痛苦，真正創造了隱身幕後還能遙控生命情調的超然視野。

可惜並不符合當時寫作這部長篇的初衷。

一個月後，從第一個字開始重寫。同樣是別人的故事，全都換成了自己的悲傷，這回不再天河遼闊，而是刻意侷限在眼前所見的聲影中，就像原本準備搭車穿越曠野，臨時卻繞進一條小路，跋涉很久才走了出來。

我在故事裡沒有名字，我的名字就是那個「我」，如同一粒稻穗去殼後變成白米，我也在去除「」之後恢復了想像的自由。因此，我又看見四十年前那個孤單的孩子了，他剛從鹿港國小的邊門慢慢走出校園，穿著那件縮水的制服，依然還是那一副斜斜晃晃的模樣，嘴角顯然還掛著秋天殘留的鼻涕，暮色裡微泛著那孤單的潮濕的光影。

是放學後準備回家的吧，我蹲在地上，把他抱了起來。

這樣一個把他人的悲劇看作自己，而展開救贖和希望的旅程。表面寫著真愛的失落與追尋，實則放眼人生各種困境，當一個人的愛被挾持、理想被熔燬、未來被剝奪的時刻，這卑微而純粹的故事何妨視為生命中的隱喻，用來指望一條非闖不可的道路，乃至終於不被挾持，不被熔燬，也不被剝奪。

簡而言之，想要表達的並不是悲傷。

第一章

如果還沒準備好，我們可以不要開始

午前的咖啡店沒有客人。是第一個客人。戴著土褐色的漁夫帽，走進來時並沒有摘下，因為他突然愣住了，他沒有想到這是一間單人店，沒有任何一個助手，店裡只有我。

因此他來不及了。他胡亂地就著門邊的椅子坐下，帽子還在頭上，那張臉只好對著剛剛騎過來的腳踏車發呆，一切都像幻影，一陣風突然吹來，窗玻璃輕盪著恍如土地震動的聲音。

沉默中免去了任何應對或者點單的程序，我像個機器人般取出杯盤，當磨豆聲嘎嘎響起的瞬間，小小的店裡馬上陷入更為怪異的死寂。

咖啡喝不到一半時，他站了起來。

我提前一步推門出去，避免聽見任何一句話或者讓他買單，我並且走到外面的路口等他離開。然而等了很久，他一直沒有出來。我回頭望了一眼，才發現他雖然走出了玻璃門，卻獨自坐在廊下的花台猛吸著煙，那根煙已經吸到了濾嘴，吸到兩頰都凹進去了，他卻還緊咬著不放，像個輸光了的賭徒捨不得丟棄它。

1

羅毅明抽完那根煙後，聽說回到家就發病了。

他爬上了屋頂，那上面有一張鐵椅，平常他喜歡坐在那裡閱讀書報，抬頭剛好望得到河岸綿延而去的遠山。這時應該是午後不久，但也有傳聞正好黃昏，因為附近一個婦人正在陽台收衣服，她看見羅老先生突然從椅子上站起來，好像接收到一通神祕指令，沒幾下就跨上了欄杆。

婦人尖叫起來。鄰居一個個跑出家門，里長親自帶來守望相助隊的成員，從外面轉進來的警車只能停在巷口觀望著。羅老先生被攙扶下來時，臉色慘白，兩腿還在發抖，對任何的問話一概不答。凝重的現場只有婦人的哭聲，她一再對著警察描述當時的情景：她先看到一群鴿子，搬來這裡五年，沒有看過那麼多鴿子突然一下子飛起來⋯⋯。

幾天後我到市場購物，平常較熟絡的店家明顯轉為冷淡了，沿街蹲在地上的攤販們雖然生意照做，也沒有幾個願意抬頭看人。等我買完東西走出了視線，他們才偏著頭說起彼此的話來，整個小鎮彷彿悄悄進行著齊聲的怨怒，我只好像個罪人般低頭離開現場。

不同的場合中，我也碰過幾個主動搭訕的人，雖然不認識對方，他們卻似乎懷抱著一種共同的情感，一開口便表達出對羅毅明先生的關心，誇揚他是小鎮上的善人，待人處事親切慈悲，他家院子外面常有流浪的街友聚集，為的就是羅桑隨時隨刻都會站出來賞口飯吃。

羅毅明的善舉並非謠傳，有個志工單位的朋友親口告訴我，這幾年來，羅每個月底都會從信合社領出一筆錢，當場分裝到信封裡面，除了較遠的公益團體採用掛號郵寄之外，其餘他把大小封袋放在腳踏車的籃子裡，然後像個勤快的耶誕老人一路分送，在這濱海的小鎮散發著彷彿迎春過節的歡欣。

我還聽說過一則溫馨的美談，一個新來的郵差送信到羅宅，羅毅明出門喝喜酒去了，那郵差便在院牆外高喊了三大聲的無名氏，紛紛跑出來的鄰居看了那信封上的署名，才知道又一張捐款收據寄來了，為善不欲人知的羅桑畢竟又得到了善報，一個新郵差從此奠定了羅毅明感人肺腑的無名之名。

自從羅毅明發病以來，種種的懷念就像昨夜的冷菜再熱一遍，所有的讚美集成一曲旋律，日夜穿流在小鎮的街頭，聽了再聽還是極為溫馨感人，儘管在我回味起來是那麼完全兩樣的悲哀。

但不用懷疑，我剛認識羅毅明的時候，對他也是同樣充滿著敬意，我甚至認為倘若這個社會沒有他，我們作為一個人是不完整的，若是遺漏了他的風采，我們永遠看不到一個溫暖的榜樣。

就算後來發生了那件事，把我剛起步的人生完全毀壞，我仍然沒有對外聲張。外面的世界需要和諧，小鎮還在享受著一個英雄散發出來的榮光，我只好隨俗地期待他能夠活著；唯有讓他清醒地活著，偶爾感受一下那些掌聲所隱藏的嘲諷，偶爾體會他人痛苦所帶來的折磨，這樣他才記得有個人永遠不會原諒他。

因此，當我得知他突然發病的這一刻，坦白說，我的心頓時糾結起來並且痛出了骨髓。嚴格說來，我非常傷心。

2

我去過的羅家，是一幢稀有的古老建築，四面沒有一塊磁磚，上下全由鐵件、老木頭和宜蘭石搭配著黑瓦建構而成，為數頗多的短柱撐起了屋宅的基座，兩層樓房浮出地面三尺，門前的院落橫列著一條長長的穿廊，走在上面時木地板發出咯吱咯吱的叫聲。

五年前第一次的見面，我還記得羅毅明說了這樣的話：這是父祖輩留下來的資產，不是我的，幫忙看管而已，我真希望趕快提前退休，免得銀行又把我調來調去，一直都不能把這裡當家。

儘管他那麼謙遜，我還是仰慕著他的資歷背景，他在獨霸著金融業的大商銀裡擔任要職，掌管著整個中部地區的貸款業務，可說是個位高權重的資深大經理，平常住在銀行宿舍裡，逢到假日才有機會回來鄉下這個老家。

羅毅明回家算是度假，每週留宿一夜，通常只有一個短暫的早晨供他清理雜荒。我和秋子到訪的時候，他已經把落葉耙成一堆，地上也掃淨了，忙著蹲在水塘邊匆匆洗手，準備帶我們經過穿廊走進屋中。

他邊說話邊拭著額頭，汗水穿透了上身的條紋襯衫，腳下還套著短筒的黃雨鞋。我們跟進屋裡，有片刻時間他消失不見，出來時卻已是一身乾淨的黑褲白衣，喉結上的鈕扣一直沒有打開，以致當他開口說話時，脖子下的皺紋交錯在領口邊扭動著。

我覺得他既高貴卻又樸實，一看就是個非常乾淨的人。剛開始我雖然被房子本身散發出來的氣息所迷惑，其實更感激的是他獨獨對我們釋出的熱情，我不知道這種地方誰有資格進來，但至少輪不到我和秋子。我甚至在僅僅見過兩次的情境中突然湧起一種卑鄙的想法：如果他是我的父親就好了。我無法解釋那種荒謬的念頭，只能說從小我就經歷過一個夢想的毀滅，而這又是當時的父親無法替我挽回的。

對於拜訪羅家，秋子似乎比我更為期待，她在一間攝影教室聽過他義務輔導的課程，我們能被邀請到這幢首富般的古宅裡，憑藉的也是這個榮幸的因緣。秋子不見得處處討人喜歡，但她對於學習某項事物頗有獨特的堅持，好比還是生手的這一門攝影，她在專家面前可以快樂得像個孩子，上課時眼睛是發亮的，根本沒想過那幽深的鏡頭有時看不到人生的難題。我想大約就因為她有這樣的純粹，羅毅明才把她當成女兒看待吧，否則這種富豪之地，我不相信有人可以隨便走進來。

不僅是秋子樂衷於這樣的受教，我也因為擔憂自己太過疏淺而盡量樂在其中。只要聽到羅經理又來一聲熱情的邀約，再怎麼難以脫身，我總有辦法遠從台北縣境的工區趕回台中，然後載著她往海口方向奔馳。一路上我們在風中興奮吶喊，嗓子大過了摩托車的引擎聲，秋子的雙手環抱著我的腰際，我們在急速倒退的風中憑著新婚的愛情勇猛地穿行。

秋子習慣坐在客廳左側電話旁的位子，右邊則是羅毅明的單人沙發椅，他們不時對著相冊裡的照片比手畫腳，氣氛熱絡得彷如鍋子裡煎著兩條魚。羅毅明甚且喜歡暢談多年前初學攝影的趣事，也把他的得意作品鋪排出來，桌上簡直就像個小型攝影展，旁邊的報紙、煙灰缸全都掃到空位上，就像我有時也甘願坐在較為冷落的空位上那樣。

他對秋子的指導毫不吝惜，除了解說攝影的概念與技巧，也頻頻拿著底片對映著玻璃上的光，儼然一位慈祥的長者站在明亮的窗邊。他對著光說話，如同進行一場醉心的演講，頭髮有些斑白，沉浸在那專業的教誨中顯得非常動人。

至於我，那時的我，對於攝影這種需要熱情才談得出名堂的藝術，只能像個門外漢四處瀏覽著。房子真大，比任何一個夢境還要寬廣。日式建築散發著官舍般的氣息，老木頭的幽香時時飄來鼻心，我不知道一般人怎麼看待這種境界，或許會生出一種絕望之感吧，會對自己的無能充滿著羞愧吧？我倒是不會，小小的嫉妒當然有，卻被自己的想像力安撫了，那時的我還不到四十歲，倘若他停下來等我，我至少還有二十年的歲月可以用來趕上他。

我一邊胡亂想像，一邊等著好學的秋子。她提出的問題有時非常古怪，譬如說暗房，進去暗房的時候要穿深色的衣服嗎？譬如說黑白照片，萬一剛好拍到五色鳥，哇，那怎麼辨？秋子的好學洩漏了很多弱點，然而這些弱點卻也是她的天真，就像她短髮下的清純，臉是乾淨的一張紙，眉頭微微皺起來時，就像不小心沾到了大人世界裡的塵埃。

但我喜歡這樣的秋子，小小的愚笨總比聰明好，隨時還有機會接受他人的啟蒙，不像聰明的腦袋已經停滯在自我的算計中。何況她不笨，應該說略有一股傻氣，這種特質反而使我愛她，因為我已經沒有這種純真了，她剛好可以照亮我的陰影，減輕生命中某種特別沉重的東西。

也就是說，我不能沒有秋子，我看見她的微笑才能感到幸福，看見她被讚美就像我自己也沾光、得寵那般。她雙手捧著夏天的熱茶，靜靜地聽著老師說話，眼睛眨呀眨，臉上暈著欣喜的光，時時放下杯子拿起她的筆記說：「老師慢慢說呀，讓我寫完整一點。」

我相信羅毅明也被她打動了。他雖有雍容氣度，卻也有著拘謹的一面，開心起來時文文地笑著，牙齒含在嘴裡，喜悅之情悄悄湧在沙啞的喉間。那第一次的見面，時間來到中午，他熱情地留我們吃飯，我和秋子互看一眼，知道他一個人獨居而作罷。倘若一切就在那天結束，留下來的印象將是個多麼令人懷念的瞬間。可惜沒多久我們又去造訪了，那時還不到花季，窗外那棵大櫻花仍然綠著滿樹的葉子，暗紫色的枝幹在微蔭的院子裡映著神祕的光。

秋子離開我的時候，櫻花還沒綻放，我們一起失去了那年春天。

3

羅毅明突然發病，引起的騷動果然不小。

派出所來了兩名員警，一個操著本地的海口音，一個大約是新進的菜鳥，一進門開始四處亂搜，看到低矮的天花板飾著一排垂簾，發現了毒窟似地，稀奇古怪地叫著，那緊張的態勢彷彿馬上就要拔出槍來。

他要我拿梯子給他架好，身手俐落地爬了上去，那上面的夾層畢竟昏暗又低矮，只見他還在猶豫該不該前進時，突然一時的技癢吧，竟然撐著洞口兩邊的床板，耍起了雙槓的引體妙技，於是那顆腦袋便領著勇敢的身軀穿頂而上，黑暗的頂板馬上砰出一聲巨響。

梯子被他踩歪了，一半的身體掛在夾層裡，兩條腿垂吊在外面。海口音的撐住梯子扶他下樓，那喊痛的聲音變成了呻吟，撫著頭頂怒視著我，場面變得有點滑稽。我倒了兩杯水放在桌上，等他們過來展開偵查。

菜鳥警察有點不甘，搗著頭皮說：「搞什麼嘛，上面有什麼機關？」

「床，枕頭，還有一台收音機。」

「外面都在傳說你跑來尋仇，看起來好像都是真的。」

海口音的表示同感，「有人說你賣咖啡是幌子，我想也是，這裡賣咖啡就不對了，大熱天為什麼不賣青草茶。」他安慰著旁邊這個受傷的腦袋，一邊瞧著我的身分證，透過儀器操弄一番，等待資訊回應時，先把我的資料抄在一塊紙板上。

儀器後來告訴他了。他突然垂下臉貼在我耳邊，「雖然沒有前科，但你究竟怎麼了，到底想要做什麼？」

「我只是來這裡賣咖啡。」

「街上人多的地方還有很多空店面。」

「這裡比較靠近海邊。」

「哼，你在這裡看過一隻毛蟹嗎，這什麼鬼地方。你騙不了我，反正和羅先生有關的都要查，你和他到底有什麼恩怨，這樣說好了，你真的是來尋仇的吧？坦白說啦，我倒希望這裡他媽的趕快發生什麼重大案件，不然我幹警察已經淪落到只能抓小偷。你想做就去做嘛，把這個小鎮弄得雞飛狗跳都沒關係，就是不要隨便碰他一根毛，羅先生就是羅先生，我們這裡只有他不能死，你最好想辦法讓他活著，這樣我才能喘一口氣……。」

門外這時來了兩個客人，進到店裡猶豫起來。海口音的戴回帽子，領著那個菜鳥走到門口，回頭對我悄聲說：「出了問題，我還會再來。」

我弄好了飲料上桌後，默默來到外面的條椅上抽煙，這時難免有些氣餒，不過就是開了一間小店而已，賣的也只是零星的幾杯咖啡，哪怕這個世界忽然沒有了咖啡，小店依然還是會繼續開著，別無所求地開著，只為了等待我的秋子出現。

我真的沒想到羅毅明會闖進來，遠看只是緩緩路過的腳踏車，像個鄉間平凡人家的老者，怎麼知道他突然下車了，進門的那一瞬間馬上讓我陷入了悲傷、恐懼和絕望。我無法分辨那是新的厄運降臨或者只是一種幻影。

他看來是那麼健康，一副退休不久的完好身材，身手依然矯健，否則不可能騎了那麼遠的腳踏車來。對他而言，這只是散步一樣的悠閒，就像平常的晃蕩，他會在某個曾經忽略過的角落駐足，隨興地採掠他認為有趣的、獨樹一格的，或者美得像夢的畫面，比誰都還愉悅地享受著退休後的每一天。

何況喝咖啡對他來說也是家常，他喜歡一種混有麝香味的咖啡，不加糖，黑色的液體本身就隱含著某種深奧的想像。那時坐在羅家客廳裡的我們，苦苦地品嘗著，秋子喝不出那種咖啡的深意，我自然也體會不到那種遙遠的氣息，不敢發出任何聲音，只能夾緊了雙臂，惶恐地托住金色杯盤，生怕它的尊貴使自己顯露過多的慌張。但我們卻也知道應該要趕快聞出它的價值，不能只用舒爽的語氣讚嘆，而是懷抱著一種生命中的愁苦，才能嚴謹地迎接它的底蘊深入肺腑，從裡面勾出寂寞的心靈，然後壓抑著那一聲非常神祕的呃，讓它在卑微的食道與喉嚨之間極為羞澀地徘徊。

因此，這個倒楣的上午，他當然純粹是為了喝杯咖啡而來，畢竟他也聽到傳說了，一個外地來的傻瓜開了小小的咖啡店，還特別選在荒涼的小鎮最外圍。這天他毫無奇異念頭，就像平常騎著腳踏車那樣自在，何況離午飯還有一段時間，就去喝杯咖啡吧，他在心裡應該就是這麼決定的。

倘若他不決定得那麼草率，一切將會是原來的狀態，也就不會和我一樣同時陷入了悲傷、恐懼和絕望。他依然可以安靜地處在自己的黑暗中，那種黑暗沒有太多困擾，黑暗並不會傷人，唯有在彼此對峙的時刻，因為看不見對方，便突然害怕著失去自己，這時黑暗才會顯現出恐怖的顏色，把雙方推入完全看不見的深淵。

不幸的是，這個時刻他還是出發了。他或許沿著河溝堤防下的便道一路騎來，那條小路在一個大轉彎處通往橋梁，他們羅家就從橋的另一端往下走，走到鎮中心那間天主教堂，那附近有個育樂公園，公園的草坡上就看得到那幢日式古宅，庭院裡的那棵櫻花正在開著老邁的櫻花。

當他沿著小路的涼蔭慢慢騎過來時，啊，那時的我正在做什麼，也許正在備料或者擦拭著無人的吧台，總之上天沒有預警，我的眼皮也沒有跳出任何徵兆，自然不知道兩人就要在這麼難堪的處境中相逢。

堤防下的便道有點陡彎，他喜歡吹的口哨應該會在那裡走調，倘若這時他忽然有著不祥的預感，那還來得及趕快折返，附近還有很多地方讓他閒逛，他可以隨便轉進一條巷弄通往老街，也可以沿著鋸木廠的大通路穿進熱鬧的果菜市場。

可惜他沒有，如同那年還有機會守住自己的晚節，但他錯過了。

4

警察來過不久，卻又有個莫名的事件緊接著出現。下著西北雨的午後，一部計程車突然繞進來停在砂礫上，司機撐著傘跑到後座開門，沒想到那扇門已經從裡面猛地推開，一件迫不及待的長裙突兀地跨出來，毫不遮掩就衝進了車外的暴雨中。

看來是約莫三十歲的女子，使著一股狠勁跑向門廊，鞋跟卻在礫石的縫隙裡夾住了，用力拔起又沉下去，拐到廊下時乾脆脫掉了鞋子，就在門口那張椅子上蹺起了小腿，然後反覆拍拭著鞋溝裡的塵泥。

除了陌生，她也讓我感到意外，全身顯然經過一番偽飾，臉上裹著相當濃豔的粉彩，額頭上面圈著紫亮的髮夾，一副怪異的墨鏡則因為水滑而撐在鼻下要掉不掉的模樣。

如果是外地來的觀光客，以她這樣的濃妝應該不至於落單，起碼跟著一團巴士或者三兩好友成行；若說是來自本地就不太合理，鎮上的咖啡族本來已經少得可憐，不可能還有人願意冒著大雨來，何況打扮得怪裡怪氣，本地人的穿著應該較為日常。

我還愣在櫃台邊的時候，她已走進來坐到窗下，那副墨鏡雖然扶正了，眉梢卻凝著冷光映在黑幽幽的鏡片上。我拿出水杯端來招呼時，她的聲音冷冷地哼出鼻腔，「你一定是出外人吧，才把店開在這種地方。」

我隨著她的奚落環顧自己的四周，確實，咖啡店的立地條件很差，附近還有殘破的磚窯，小路另一邊築著堤防，河溝裡面則是濁水溪沿路沖刷過來的淤積，只等有一天更大的水患帶著它們出海。除此之外，入夜後這裡只剩下無聲的暗潮，它在我的腦海中迴盪，畢竟與海無關，海在兩公里外。

因此我只能尷尬地笑著，並沒有見怪她，坦白說她夠邋遢了，頭上的雨跡沿著兩邊髮尾滴下來，滿臉都是老氣的殘妝。

「你一個人住在這裡嗎？」她說。

我指著吧台上面的天花板。她狐疑地啊了聲，冷漠地笑笑，完全不相信那裡面可以住人。或許也是，房子本來就沒有挑高，硬做一個夾層毫無道理，但它確實就是這樣，底板盡量降低後，裡面的淨高只容四尺。站在吧台伸著手拿取牆櫃上的東西時，一不注意就會摸到它的底板，彷彿碰觸著每晚我躺在那裡睡覺的背影。

她臉上果然露出了一股鄙夷，起身走到牆角又轉回來，像是發現了一個蜂窩，正在觀察著虎頭蜂的出沒並且防備著牠的攻擊。

「要睡覺的時候，你是飛上去的嗎？」

「當然要爬上去，早上開店時才把梯子收起來。」

她聽了並不滿意，轉身溜望著外面不遠處那些荒廢的矮屋，這時雨停了，她還不離開，看完旁邊那些其實非常侷促的空間後，突然一股怒氣衝上來，把她花亂的臉孔整個漲紅了，尖下巴不聽使喚地顫動著。

「究竟為了什麼，你為什麼要來我們這裡？」

啊，究竟是為了什麼？

滿臉怒氣的女子離去後，我照例把桌面地板全都收拾一遍，才扛著木梯準備上樓。夾層上面只有兩蓆大，躺下來沒什麼問題，比較麻煩是必須低著頭爬行，脖子不能隨意伸直，否則額頭就撞上了。一個學童的高度尚且勉強可以坐在床板穿褲子，但以一個四十多歲男人的骨架，除非勤加練習一隻爬蟲的蠕動與翻身，否則這種如同命運般的夾縫，一條小狗都嫌它窒礙難行。

這天晚上的例行動作卻有些異樣，當我爬到一半時，總覺得還有什麼東西遺漏了，我甚至停在半空中多看了幾眼。店裡空間極小，任何東西都在原來的位置，我只好往腦海中搜索，想著午後那一陣短暫的西北雨，那一條憤怒的長裙，還有她那冷傲的、用高貴的鼻子說話的聲音……。

也就是說，在我爬上睡鋪之後，終於慢慢想了起來。

雖然躺下了，我卻已經無法繼續猶豫一分鐘，決定再從黑漆漆的夾層中爬出來，背部朝下，兩腳探著外面的梯子慢慢踩穩，然後藉由臀骨往外蠕動，兩手分別撐在後面划行，這遲緩的動作今晚有點慌亂，以致搭接在外的梯子險些滑落下來。

我急著想要印證的，正是那一年見了羅毅明當天所寫的日記。那本日記雖然沒有寫完，幸好還能跟著我一起飄泊，才會鎖在樓下的抽屜裡。沒記錯的話，這個女子應該就在裡面，就算當時沒有仔細描述，筆下至少還有羅家的氣味，時光雖然過去了，日記卻不會騙人，不像她全身上下的偽裝，把我蒙蔽了大半天才想起來。

不就是從台北休假回來，躲在樓梯上的那個女孩嗎？

我打開抽屜後，翻到了那年七月，七月裡的二十三。

可惜開頭只是這麼寫著：作客羅宅，燠熱無風。

那時怎麼了，心情似乎是沮喪的，字跡看來也有些潦亂，不是載著秋子去羅家作客剛回來的嗎？啊，那時的我，難道已經隱藏著另一個黑暗的我，表面上綻露笑容，到了晚上卻躲進無言以對的日記中。否則，那天放眼所見的羅家，門口的長廊、院子裡的櫻花、屋內令人心動的高雅擺設……，無一不是寫日記的題材，不可能什麼感觸都沒有留下來。更重要的，今天出現的這個女子，應該就是躲在樓梯上的那個女孩——那座透空的樓梯一直還在我的腦海裡，她明明就藏身在木階中間，顯然是在偷窺，後來發現我在看她，趕緊躡起兩隻光腳丫蹦了上去，像貓一樣消失得無聲無息。

人的歲月雖然容易消逝，某月某日卻不會溜走，它一旦被文字烙下腳印，奇特的感應遲早會在某時某刻甦醒過來；如同現在，她雖然已經長大熟成女人的樣貌，那輕俏的身影卻還停留在那天我所看到的記憶中，彷彿一生只有一次照面，難怪當時留下來的印象反而特別清晰。

奇怪的是，日記裡雖然只有短短幾個字，空白的下端卻勾了一個圈圈，裡面躲著一個水。為什麼會是「水」，那天晚上感到什麼東西正在流逝嗎？當年的墨汁明顯地暈開了，小小的水字彷彿流瀉著無言的感傷。

嗯，多可怕的連結——我終於想起來了，她雖然很快蹦上了樓梯，但顯然當時還拿著一杯水，那個杯子是透明的，倒映著微弱的窗光，水杯裡面則因為混合著她的慌亂而微微晃溢著，以致在她急著想要閃躲的跳動間，一些水珠甚至濺到了她的小腿。

沒想到那雙小腿今天朝我走來了。

一路踩著怒氣來的吧，停在廊下的時候一直敲著自己的鞋。

5

從日記裡走出來的女子，不過一天光景，午前竟然再度出現了。

她先在玻璃上敲敲門，這才慢慢走進來，身上的慍怒之氣似乎感應了昨天那一場西北雨的洗禮，臉上的線條總算舒緩下來。如果要我直言，她可說已經回復了姣好的樣貌，一雙黑亮的眼睛閃在白皙的素顏上，簡直就是從當年那座樓梯上優雅走下來的原型，不像昨天只能望著她憤怒的下巴尖。

她主動遞來名片，果然如我揣測，清楚地印著羅白琇三個字。我不禁為她感到難過，應該是專程請假回來的，父親的病讓她憂心了，甚至又出現了令人洩氣的病情，使她在一夜煎熬後不得不調整愚蠢的行徑，改以較為溫婉的面貌出現在我面前。

為了表達歉意，她壓低嗓音，臉垂下來，繫著一隻蝴蝶的頭髮垂在頸後。她似乎認為我已知悉一切，一坐下來馬上進入主題。

「我父親昨晚又進了醫院，醫技人員甚至把他的手腳壓制下來才能看診。回家後吃了藥勉強睡著，很快又醒過來，匆匆忙忙爬起來穿衣服，不知道要逃去哪裡，後半夜根本就是睜著眼睛，一直等到天亮。」

當她傾訴著這樣的景象時，眼睛並沒有看我，而是聚焦在我的手指上，彷彿這隻手把她父親推上了絕境。我的手指當然不像嘴巴那麼木訥，它還能替我發聲，用指尖輕輕敲點在桌面上，聽起來很像某段熟悉的節拍，但其實只因為突然面臨著難解的困窘，才會弄出這麼無聊的聲音。

「我父親來這裡的時候，難道只喝一杯咖啡？」

「應該是路過，臨時走進來。」

「你跟他說了什麼？」

「我沒有說過任何一句話。」

「那就對了，你為什麼不說話，你可能就是因為這樣才嚇到他。」

白琇小姐抿著嘴，彷彿從我的指間已經瞧出了端倪。

「你應該聽過他的為人，他非常正直，容不下自己有任何一點點過錯，」她對著窗玻璃上的影子說：「念大學以前有一段時間，我每天幫他洗襯衫，才發現他的衣服從來沒有一絲縐褶，看得出他過得非常辛苦，每天直挺挺坐在上班的位子上，一直就是個戰戰兢兢的人……。我做他的女兒，突然碰到這種事，不知道要怎麼幫他？」

「他真的非常正直。」

「而且……，」她噙住眼淚，驕傲地說：「我媽生我的時候難產，當天就走了。這幾十年，換做別人早就續絃再娶，可是他沒有，默默撐過來，年頭年尾總是一個人，從來沒聽他說過一句怨言。每次我放假回家，最怕的就是堅持送我去搭火車，你想像得到嗎，站在月台上像個軍人，一隻手舉在空中放不下來，是那麼孤單呀，別人還以為我這個女兒不回來了。」

嗯，我低聲回應她，沒有打斷她，但其實我也不想聽，只好看著外面飛過的鳥影，看著更遠的天空正在凝聚雨前的烏雲。當我溜望著外面的天色時，她似乎也在觀察著我的臉，直到我回過頭來，她才眨著眼睛趕快垂下，把她不安的凝視繼續停放在我的手指上。

我一定是她心中的罪人，才使她這麼驚慌又敏感。就讓她靜靜地說完吧，我想，聽她娓娓道來總好過坊間那些到處謠傳的雜音。羅毅明應該感到欣慰才對，怎麼還有時間生起病來，女兒正在為他粉飾著善良的外衣，把他正直的、慈愛的、寂寞的影樣，透過一面乾淨的紙窗清晰地映現出來。

羅白琇小姐既然盯著我的手，我只好乘機打量她的側臉，嘴唇不算豐厚，唇角卻又承擔著半抿半露的憂愁，使得映著暗影的弧線看起來楚楚動人。有點可惜，像她這樣的女子卻還穿著昨天的長裙，以她上半身姣好的條件，隨意搭件普通裙子應該也是可行的，只要稍稍露出巧小的膝蓋，如同羅毅明也願意解開脖子上的扣子，一個人的真摯坦率就不會因此束縛起來。

「廟裡的人打電話給我，說他跑去捐了一大筆錢，拿了收據卻站著不走，不像平常揮個手就匆忙離開。原來他等著要在獻金簿上簽名，做好事從來不讓人知道的，竟然變成了這樣。那個人還說，我父親握著筆想了很久，只寫了一個四，那隻手就開始發抖了，多可怕，我們家不就是四維羅嗎，沒想到抖了一陣後，突然在那個四底下，草草的畫出一個非，變成一個大大的罪字跨在那些格子裡。」

她繼續說著，「你不要總是不說話，不說話就是在報復他。那天你跟他聊聊不就沒事了，你故意的。不然你在想什麼，難道不是為了使人害怕，才把咖啡店開在這種地方嗎？何況每天晚上那麼漫長，烏漆麻黑的，你一個人都在做什麼，那麼喜歡海呀，這裡根本聽不到海，要看風景別地方更多，小時候我只來過這裡一次，還是坐車經過的，車子衝得特別快，一秒也不想停下來。」

秋子離開我的時候就像她這個年紀，臉上一樣有著青春亮麗的氣息，只是秋子說話的語調較為簡短，常有一種小麻雀的單音，聽起來滑亮亮，有點像是愚蠢那樣的天真。這麼說來，白琇小姐好像多出一種滄桑感，心裡的負荷較多，使得她即便想要好好說話，語氣上總是又會慢慢焦慮起來，就像一直掛在唇邊的憂愁，笑起來很苦，抱怨起來卻又咄咄逼人。

「我也問過縣立醫院的精神科醫師，說那是一種自我折磨。折磨什麼，要折磨多久，他是犯了什麼罪？就算有吧，就算你認為他有罪吧，那就直接說出來呀。」

「白琇小姐，我真的不知道他會這樣。」

「誰又知道。昨天半夜的時候爬起來吃飯，吃到一半突然放下筷子，我以為他總算要好好跟我說些什麼了，結果不是，指著自己的喉嚨說不出話來，原來被一根魚骨頭卡住了，我趕快拿手電筒來幫他看，嘴巴大大的啊著，魚骨頭還沒找到，兩行眼淚卻一直滾下來。」

我忍不住問她，後來魚骨頭……？

「魚骨頭有那麼重要嗎，我已經說了那麼多。」

噙著眼淚的羅白琇小姐，總算任著淚水流了下來，白手絹一直包在手裡，越握越緊了，形成了一個悲傷的小拳頭顫抖著，顯得無助卻又不願鬆開。

她像是來告解的。贖罪，折磨，魚骨頭，如果再說下去，我相信還有更多的眼淚會繼續流。我只好趕緊站起來走到吧台，把晾乾的抹布重洗一遍，順手拔掉了磨豆機的插頭，無聊地踱出門外又走回來，再從收銀機掏出銅板慢慢數，數完後一個一個放回去。當這些無意義的動作反覆進行時，羅白琇小姐的眼睛一直沒有離開我的背影，她的眼神充滿著期盼，讓我忽然覺得生命中的無奈其實也沒有那麼悲哀。有人要來告解總是好事，但她最好夠誠懇，像愛一樣真心，娓娓道出那年她曾經偷窺得來的真相，把她父親的祕密完整地說出來。

當然，最後她還是保留了。她要離開時，外面剛好有人路過，看來是個老輩的舊識，兩人就在路邊說起話來，沒多久竟又摀著鼻子哭訴著，那人大概是安慰著她父親的病情吧，突然轉過來對著咖啡店的招牌怒視著。

最近幾日我已很少上街，非得儲備一些食材也盡量挑在天未亮的早市，聽到的閒話雖然較少，卻已經很難扭轉咖啡店逐日冷清的頹勢。像羅白琇小姐這樣情不自禁地站在路邊頻頻啜泣，我想再多客人遲早也會像她的眼淚一樣陸續流光。

當然我也不能只靠這間咖啡店存活，有時一整天只賣兩杯飲料，碰到颱風來時起碼還要關門三天。我的身上當然還有一些特別的東西。假如有一天我忽然停止呼吸，醫生一定找不到致死的病因，他將非常訝異我的器官一切完好，且有一種非常堅毅的頑固細胞還在血管中奔走，它們不肯離去，因為它們和我一樣找不到秋子，不在的秋子讓它們陷入驚慌，只能不斷從四面八方死守著我的軀體。

我就是這麼撐過來的。有名的高僧尚且每天還要喝水度日，我卻相信只要等待秋子就能繼續存活。

6

也就是說，羅白琇小姐在那當年還是青春無邪的年紀，早就瞧見了她父親的神祕背影，才會在他病發之後迫不及待地要我伸出援手。可悲的是那時候的秋子和我，對於未來的命運還是一無所知，每次離開羅家後，我們照例逛一圈小鎮的老街，吃過了當地的蝦丸、蚵仔煎，這時兩人的玩興正濃，很少出門的秋子更捨不得太早回家。

「我們去海邊。」她興奮地拍著背包裡的相機說。

「先說好，妳可能會失望，聽說這裡的海沒有沙灘。汙泥太多了，而且以前實施軍事管制，堤防早就圍起來。」

「可惡，海浪一定喘不過氣。」

「怎麼會喘不過氣，停下來就沒事了。」

「笨蛋，它找不到沙灘呀，剛才你說過了。」

摩托車轉往海的方向，燠熱的防風林飄來濃重的魚腥，一路都是崎嶇的黃土，但我們還是非常開心。只要秋子想去哪裡，哪怕是天堂或地獄，我不會丟下她一個人獨行。何況去到羅家作客才有機會四處走動，平常她總是窩在家裡，每個星期我搭夜車回家時，她已經瞌在沙發裡睡著了。

雖然只是要去海邊，但我當然知道，她自從上過羅毅明的攝影課程，無時無刻都想拍出幾張像樣的照片來博取共鳴。摩托車還在路上震盪著，她已經拆開了相機的皮套，緊緊把它捧在胸前，像對著一隻寵物那樣地輕撫著，還跟它說起話來：乖乖，聽說沒有沙灘喔，你可不要嚇壞了。

我試著減速慢行，讓她可以把護鏡小心轉開，和路邊的花生田對起焦來。往西的逆光折射在她有一點雀斑的臉上，我轉頭看著她時，那小巧的酒渦剛好正在盪漾著，整張臉像含著一顆酸梅，刺激且又淘氣地朝我笑著。

秋子算是小號女人，個子雖不矮，骨架卻是輕盈的，從她背部一溜而下的肌膚可以看到全世界最美的曲線。倘若要我挑出缺點，那應該是在脫下衣服的瞬間，那左邊的乳側會在掩藏中小小地露出童年的傷疤來。即便我們的愛情已經結成夫婦的型態，但床褥間的這道傷痕卻一直無法讓她脫身，她會巧妙地藉由各種側姿，把它擠壓在臂下或者腋彎而形成一個羞赧的密區，不容我的手隨意靠近，甚至我稍稍瞥過去的眼睛都不被她允許。

秋子只用她的右乳和我交歡。身為她的丈夫，我最心疼的當然就是她左乳上的委屈，甚至平常我們不在一起的時刻，只要腦海中出現想念的秋子，首先映入眼簾的往往不是她的形影，而是那藏躲在臂彎裡的小乳房，宛如一隻淒迷的眼睛對著我幽幽思念。

那麼，當她面對著羅毅明的時刻，她是照樣掩飾著它呢，或者因為他只是個很快就能遺忘的男人，她因此可以暫且地放蕩起來，把她一直束縛的、難為情的祕密，用一種反而較為解放的睡姿仰躺在我所看不見的床笫中。

那時的羅毅明會是怎麼說，妳這傷疤怎麼來的，還會痛嗎？

倘若我們失去了深愛的人，那便是整個生命都失去了。這些年，逐漸地，我對秋子那隱密的部位雖然逐漸淡忘，卻只要看見別人拿著相機拍照，竟然就會無法自主地哀傷起來。那歪著臉頰專注於瞄準對焦的表情是那麼令我厭惡，與其疑惑那隻乳房是否忠實，其實我更畏懼著相機那種黑森森的東西，縱使它只對著一個與我毫無相關的陌生人，卻總是讓我覺得黑色的鏡頭正在凝視著我的悲哀。

尤其那種笨重的單眼相機，它會使我無端地恍惚起來，覺得秋子就在每一台相機後面眨著眼睛，而站在她旁邊的當然就是羅毅明的身影，他幫她調弄鏡頭，指點著彩色世界裡忽然慌亂起來的迷津，調整再調整，依偎再依偎，包括秋子的站姿、手指、細微的呼吸以及忽然迎風飄亂的髮絲。

當然，在我們剛開始前往羅家或者海邊的路上，什麼事都還沒有發生。如果那是一條歧路，也只是忽然出現的歧路而已，沒有人知道它即將通往黑暗的幽林，何況沿途還有綺麗的風光，我們甚至為著迷人的景致而一路充滿著歡喜。

後來，我們的摩托車終於來到了現在的咖啡店這個地方。

河溝上那時已經築起堤防，附近一個人影都沒有，小鎮好像把它遺忘很久了，堤防上只有一叢叢孤單飄搖的蘆葦花。秋子拍拍我的肩膀，等著我把摩托車停下來。

「你看，蘆葦都在揮手，好像情人就要分開了。」

按下了快門的秋子，臉上掛著少女般的惆悵，突然戲謔著說：「如果被你拋棄了，我就每天來這裡等，記住喔，我是認真的。」

命運來敲門的時候，莫名的悲劇往往就是當年的戲言。

倒是秋子說錯了，離開的人是她自己。如同刻在木頭上的店名，我怕她路過時沒有留意，四個字體特別塗上了白漆：離家出走。

7

鎮公所的門外熱鬧極了，羅毅明當選了好人好事代表。我在路口轉角就聽到了爆竹聲，劈哩啪啦炸醒了整條街，炸開的炮屑飛在煙霧裡，有些未爆的則被雨後的車輪捲走，像隔夜的煙蒂橫躺在路中。

布告欄除了貼出紅紙，旁邊還有一篇告示，感性地訴說羅的事蹟並且衷心為他祈福，文字或許出自女性的手筆，通篇充滿了謝意和感傷。小鎮難得躍上新聞版面，剪報貼滿了四周，使得羅毅明三個字又被翻騰一次，他站在那些公益活動照片中開懷地笑著，臉上滿是光燦的神采，任誰都看不出幾年後他會突然倒下來。

如今的世間，想要好好做人是那麼艱難，想要好好做事也不見得如願，像羅毅明這樣又是好人又是好事，不容易了，難怪鎮公所臨時抽掉了攤販管理規定、畸零地重測和節約用電的呼籲，空出一大塊版面來輝映著這椿多年難見的榮光。

時序進入八月後，豔陽底下的柏油曬得癱軟，店門外鋪著礫石的小路頻頻折射出金屬的光。沒有客人的時候，我乾脆抓來一大把石頭坐在廊下，相準了挖空的小洞，一顆接著一顆丟回去。每天重來幾次，慢慢地丟擲，每丟一顆大約賺到十秒鐘的飛逝，想像它們是一隻隻的小青蛙跳進田裡，總有一天會蛙聲大作，陪我一起呼喚那些還在沉睡中的蘆葦。

小小的店持續燜在陽光大鍋裡，幸好這段時日還算清閒，羅的病情雖然時有所聞，但也沒有更壞的消息了。只要撐過了暑夏，秋天很快就會露臉，堤防上的蘆葦每每抽穗一分，總有一天它將開始對著落日款款擺動，那時說不定就會有人悄悄走來，一路掩在白色浪裡，身上帶著海口那邊吹來的風，頭髮散了，裙子飄起來，像個剛醒過來的夢境那樣逼真。

我正欣慰著八月的腳程快要走完時，連續幾天卻又覺得慢了下來，不得不相信那是一種奇妙的感應——原來有人正在遠方寫信，那枝筆在孤燈下婉轉有聲，感慨的愁緒悄悄向外蔓延，彷彿整個季節都停下來等她，等她寫好了信，等她慎重地扔進郵筒，這時四周才緩緩吹起入秋的風，紅透了的鳳凰花這才零星地掉下來。

這封信寫了三張紙，後面落著羅白琇的署名。

我大致看了一眼，本來毫無期待，沒想到白琇小姐說了這樣的話：

代父領獎那天，我沒有參加，我想還不如寫信給你，因為只有你知道我父親應該怎麼做，對吧，只有你救得了他。但是我也想過了，這不可能吧，如果我是你，應該也不會期待他好起來。

可是，我畢竟不是你，何況他又是我父親。

她的字韻看來是娟秀的，可惜處處用力了，筆墨的濃淡很不均勻，想是中途換了筆，或是寫了一行就停下來思考，該是折騰了很久，滿紙都是沉重的訊息。然而接下來的一段，猝然把我的心抽痛了：

那時候家裡常有訪客，專挑父親回來度假的時間，除了鄉里幾個舊識，很多都是不同行業的商人，父親後來不勝其擾，乾脆就閉門謝客了，唯獨你們夫妻受到禮遇，每次人還沒到，他已經穿梭在院子裡。

其實到今天，我依然懷念那個姊姊，她好亮眼，整個客廳好像只有她，我感謝她帶來了笑聲，這是我家少有的，難怪父親那麼喜歡她。

如果他的人生因此有了改變，那也是從這裡才開始的吧。

啊，這樣的白琇小姐，兩個月來她頓悟了什麼，竟然願意讓我走進她的內心深處。那神祕的線頭終於被她撩開了，顯然她已不想繼續隱藏，才會主動提起了情感世界裡的父親。

然而往事的敘述卻也在這裡煞住了，她轉了個彎，談到了父親的妹妹。這段日子雖然都是姑姑協助看顧，但臨時也有自己的忙處，因此她決定輪班回來幫忙。白琇小姐說：

我想利用每個禮拜回去一次的機會裡，請你也給我機會，讓我可以安靜地坐在店裡，我將不再扮演一個討厭的女人，你也不用回答任何愚昧的問題。假若以前真的發生過什麼事，那也是當時的我無力挽回的，看在那麼軟弱的我的份上，原諒我吧，讓我成為一個人質坐在你的面前。

8

於是初秋以來，每個週末下午，白琇小姐的車子就會從橋頭那邊轉進來，慢慢滑入門前的砂礫小路，然後停在咖啡店側牆邊的草地上。她並不急著下車，店裡如果還有客人，她會坐在擋風玻璃飄著竹影的駕駛座裡等待，直到稀落的桌間最後一人起身離開。

剛開始的第一次她直接走進來，發現裡面還有客人，只好躲在柱子旁邊，拿出一本書慢慢翻閱，偶爾轉動她肩上的頭髮，從外面的樹梢辨識著海那邊吹來的風向。九月的季風並不強，從兩公里外的海口往東奔馳後，到了河溝這邊已經剩下微弱的尾聲。但白琇小姐顯然不是為了聽風而來，她也不想專注在眼前的書頁裡，一個人只是偶爾喝點水，像貓一樣小口輕沾，然後噙在嘴裡，最後才像含著一股心事般慢慢吞下去。

兩個月來，為了摸索出店中較為清淡無人的時段，她從餐後容易枯等的午間，延緩到下午三點才出現，後來又悄悄改為五點，最近的幾週似乎摸熟了門路，開始挑在晚餐前咖啡店即將打烊的黃昏。

她應該相當辛苦，每個週五的深夜從台北趕上剛開通的末班高鐵，然後在中部的烏日站轉搭最後一班的接駁車。我不知道一路上她想著什麼，但可以想像她在搖晃的歸途中應該非常疲憊了，畢竟還要準備第二天的見面，如她所說，像個人質坐在我的面前。

每次悶聲不響地坐著，對一個年輕女子來說，其實也是一種苦刑，我懷疑她是不是許過願，刻意採用這種毫無意義的折磨來挽救她的父親。時間一到就來，時間晚了卻不見得馬上離開，為了達成如她信中所言不想令人討厭，果然安靜地坐著，好比一個善良的債務人，每隔一段時間就會主動露臉，證明自己沒有逃跑，隨時都在為過去所犯下的罪過而奔走。

白琇小姐當然不是什麼債務人，對我也沒有任何負欠，純粹只是因為生命中大概面臨著相同的困境吧，才想用這種消極的作為來尋求化解。而且，她顯然為了表現一種無聲的苦諫，從來不喝這裡的咖啡，似乎也想證明自己不是為了追求浪漫而來。一個這樣的女子當然容易引人側目，難怪當她發現店裡有人時，寧願藏身在樹下的車子裡，哪怕累得歪著頭睡著了。

只願意喝水的白琇小姐有時卻會帶來親做的一些糕點，她自己會去吧台拿來幾個瓷盤，把不同的糕點擺好放到桌上，肚子餓時一個人獨自品嘗，偶爾配兩口開水，慢慢咀嚼出一副好像被人遺棄的模樣。每次帶來的糕點都有剩餘，事實上所剩頗多，離開時卻不拿走，似乎看準了有人捨不得把它丟棄，會在她離開後悄悄拿來當作晚餐，簡單撐過一個男人的漫漫長夜。

她一定認為我很悲哀。

因而上個週末，還帶來了小罐的茶葉，取出一條茶巾鋪上桌面，茶具擺好之後，還走到門外剪來一節青竹，當下便把簡單的茶席布設起來。那時外面漸漸昏暗了，她所等待的或許就是這種獨處的氛圍：海濱的小鎮，全然陷入寂靜的咖啡店，店裡只有她和我，兩人看著爐上的水壺慢慢滾出白煙。

「這樣的話，我們誰都可以冷靜下來。」她說。

「白琇小姐，其實妳可以不用這麼做。」

「嗯，今天我多話了。」她把倒好的茶湯推過來，勇敢地把她淒楚的眼神投在我臉上，「以後叫我白琇就好。」

白琇小姐……，我停頓下來，想了很久。

「羅家都是高尚的人，我這樣稱呼妳，感到非常安心。」

她沒有回答，眼裡卻又噙滿淚水了，把臉轉開後馬上掉了下來。

我望著窗外緩緩降落的黃昏的光影，望著風中的竹葉刮著窗玻璃，這時燕雀回巢的叫聲喊喳得讓我有些沮喪，平常這個時間已經拉下鐵門了，她卻似乎才要展開自己的夜晚。外面的陣風總算停下來時，我聽見她說：

「你可以放一點音樂。」

我照做了，回到吧台順便洗了幾個杯盤，這時音樂開始流淌，從背後看到的白琇小姐正在注水溫壺。坦白說，她的舉止細膩優雅，提壺的高度十分勻稱，置茶的手姿也極為輕巧，倘若她只是一般過路之客，別無所求而來，這樣的海濱之夜其實真的非常動人。

可惜她不僅有求而來，且是一步一步鋪陳著委婉的氣氛。只要想起她在那封信裡的伏筆，我難免就會懷起一份戒心，她談到了秋子卻又倏然止住，究竟為了什麼，如果是為了誘使我追問那些真相，其實我已經不想知道了。我的遭遇，還有秋子的，我們何嘗願意別人輕描淡寫地隨口說出來。

我甚至懷疑她正在醞釀一種不能稱之為愛的情誼，打算用它來軟化彼此間的關係。就像一場廝殺過後突然伸出溫暖的手，她這樣安安靜靜反而讓我憂心，什麼時候會是她的忍耐極限，她不可能一直這麼委屈著自己，時間到了說不定就會匆匆起身，用她愁苦的淚眼告訴我：你看，一個人質該做的我都做了，還要怎樣，可以把店關了吧，馬上就離開我們這個地方。

天下沒有白吃的糕點，自然也沒有白喝的茶。

茶席快結束的這天夜晚，卻問了奇怪的話：「你有宗教信仰嗎？」

我搖著頭告訴她，我曾經相信過任何人……。

「唉……」她的聲音充滿疼惜，「難怪你沒辦法走出來。」

「我好得很，其實妳可以不用再來了。」

「不行，我一定要想辦法喚醒你的靈魂。」

9

要來把我的靈魂喚醒的白琇小姐，坐在車子裡睡著了。

一整天只有兩個散客，到了傍晚才湧進一群尋訪濕地的男女，他們在回程中把店裡坐滿了。客人中有幾個是年輕的教師，個個帶著相機，裡面應該已經填滿了燕鷗、小水鴨和那些招潮蟹的掠影。他們的笑聲頗有興奮過頭的侵略性，對這間咖啡店的存在充滿好奇：一天可以賣幾杯啊，晚上這裡還會有人嗎，真沒想到這種地方……。

當他們喝完飲料離開，我把鐵門關到一半時，才想起這又是白琇小姐的週末，趕緊看看窗外，果然那棵樹下已經露著一截白色車身的尾巴。她聽到關鐵門的聲響才急急忙忙爬出車子，跳著碎步從鐵門下的空隙溜進來。

進門後的白琇小姐卻完全讓我傻了眼。撞入眼簾的是短裙下的一雙大腿，雪白的膝蓋彷彿對我傾訴著，我不敢細看她的腿身，只知道今天她這條裙子未免過短了些，我一度懷疑她是臨時把裙襬撩高了，但她的兩隻手明明畏寒似地抱在胸口上。

我只好看著她的臉，瞌睡後的殘紅還在，額面上卻意外明晰地亮起來，原來她還把頭髮剪短了啊。不只剪了頭髮，是把一頭長髮全都剪掉了，剪到耳根下才罷休的樣式，使得平常悶在髮叢裡的頸子忽然光裸地雪白著。

我為這樣的白琇小姐感到不解。

當然，白琇小姐有她美感上的自由，何況我的審美觀向來也不見得準確，美醜的認定都憑一時的感覺，我認為太過妖麗的美往往都是醜的反射，反而偉大的醜有時卻又是美的化身。白琇小姐的美醜與我無關，我也不覺得她的尺度有什麼問題，裙子短到彎腰時露出底褲的人照樣走在街上，裙子長到像她以前那樣拖泥帶水也不見得就是優雅。剛剛好才是美，像她今晚的短裙其實並不差，不會讓人感到猥褻，我特別訝異是因為她以前不曾如此，一個長裙女人忽然裸出大腿，雖然予人鮮亮之感，但實在很不適合出現在她與我之間。

她在水槽邊兀自忙著什麼，那奇怪的背影讓我更想發發牢騷。

說到短裙，兩腿打不直而哆嗦在冷空氣裡的大有人在，這就是誤解了美，如果脫掉後只剩一個被拋棄的肉體，還不如像以前那樣又把全身包起來。短髮也是一樣，不見得每個女人都適合短髮，有人是為了表現陽光燦爛，有人則是刻意剪掉情傷，像白琇小姐這樣無緣無故剪了短髮來，我就不明白她除了想要對我揶揄，究竟為了什麼要如此勉強自己。

秋子的短髮就很自然，至少剛認識的時候她就短髮了，最長只留到下巴對過去的頸下，髮尾是那種修尖下來的款型，很像一隻小狐狸凝視著頸背底下的雪景。秋子的臉蛋小，身高也較細挑，說起話來恰似小鳥唱歌，假設這樣的秋子忽然蓄起了長髮，難得生成了一股仙氣，遲早也會被她自己短促的聲腔嚇跑。

當然，我希望這些只是依我所見的錯覺。此刻的白琇小姐似乎就很滿意自己的改變，她的眼睛跟著自己的感覺笑在一起，從水槽那裡擦了手過來時，嘴角是上揚的，不像以前還要矜持地閃躲開我的眼睛。

可以確定地說，今天的白琇小姐從頭到腳換了一個身體進來了。

也是因為這樣，才讓我生起反感，為什麼她要把頭髮剪成了秋子。

「你一定非常期待。」白琇小姐說。

她走過來把前後兩張桌子稍稍挪開，退到後面看了幾眼，再回來調弄一下邊角，然後拿出一塊深藍色的古布在空中抖開，布面右上角襯著些許印染，幾片斑灰的白點看起來很像一枝梅花的剪影。

要把我的靈魂喚醒之前，好像先要從這塊布裡面變出一隻鴿子。

我在心裡笑著，想起那時她從雨中跑來的狼狽樣，想起那封信裡她說要成為我的人質；而此刻，現在，這一瞬間，來到小鎮已經半年多的這天夜晚，我竟然被她發現自己的靈魂不見了，還要讓她拿著一塊布來把我喚醒。

她在桌上鋪好了印花的古布，指著外面關了一半的鐵門，我懂她的意思，事實上也已經天黑了。東邊的初月雖已微暈出來，海口地方卻還是一片黯淡的荒涼，等我把鐵門拉到底，屋裡的燈色這才濃郁起來，海溝那邊的雜音跟著消逝得無聲無息。

「你再把窗戶關緊，窗簾也要拉下來。」

我都照做了，順便問她要不要再放什麼音樂。

「可以不要。」她說。

「如果要做什麼法術，先說好，這裡沒有蠟燭。」

這時她就不回答了，眼睛眨了兩下，等著我坐下來。

由於不便一直看著她，我只好看著剛剛拉下的鐵門，看著夾層上面的我的背影，還有初夏開幕時留下來的那幾個小盆栽，當這些那些荒謬的東西再度映入眼簾時，心裡突然又像平常一樣沮喪著了。

幸好溫柔的白琇小姐非常貼心，這時她的上身忽然前傾，淺淺地笑著說：

「沒關係，如果還沒準備好，我們可以不要開始。」

第二章

我彷彿在自己的夢中說話

凱迪拉克，我夢中的黑色旗艦，龐然大物般的豪華房車，像一艘船載著我沿路巡航。司機在椅背後面拉上了白絲幔，車後座頓時隱密起來，四周寂靜無聲，只有怦怦跳的雜音來自我的內心，我像個剛得手的小偷坐在一間私人包廂裡。

我試著打開窗邊的遮簾，車頭兩翼飄揚著橙紅色的旗徽，春天吹來的風帶著熏眼的暖陽，一切就像夢境那般難以想像。通常就是這樣的時刻，我又會想起父親的身影，他被箝制在某個特別陰暗的角落無法脫身，否則我真希望他也坐在旁邊，暫且甩掉他的長筒雨鞋，享受他額上的汗水變成了流淌的音樂，而且我會要求司機慢慢開，時間沒有那麼急，我父親沒有多少時間。

我不知道那天晚上他想著什麼，為什麼騎著那台腳踏車拐往不同方向的深潭，不到二月的溪水是那麼冰冷，很多婦人早就不在那裡洗衣了，他卻為了取暖而潛入水底，留下我一個人抱著母親痛哭。

1

啊，白琇小姐，人的意識從嬰兒就開始的吧，如同最初的快樂從第一雙球鞋開始，或者我們的夢想往往也是從愛一個人開始；種種的生命體驗我們應該都經歷過了，很少有人例外。

然而什麼又是靈魂，白琇小姐如何喚醒我的靈魂？除非妳也在場，妳看過我的八歲童年——這天清晨我已經穿好了鞋子，妳來把我喚醒吧，因為我就要出發了，即將面對的是一種悲歡交錯的人生體驗。

鞋帶是我自己綁好的，書包也掛上脖子了，我多麼期待這一天的入學，陽光已經爬上屋簷，我急著拖住父親往外走，他只好把餵了一半的碗擱下，留下母親一個人坐在泥地上。

我們走到街上時，父親放開了我的手，「嗯，我們從這裡開始跑。」

雖然急著趕到學校，我卻又捨不得全新的衣服被汗水弄髒。

「那——我們跑一小段，快到校門口再停下來用走的。」

我聽了父親的話，一口氣就把他拋在後面了。

回憶起來，事實上那天他也趕著時間，他就在我即將就讀的學校裡工作。一路上我毫無新生的羞澀與抗拒，只想趕快找到自己的教室坐下來，因為父親讓我感到驕傲，他每天進出學校都沒有任何人阻擋。

校門口站著很多家長，幾個校務人員熱心引導著報到路線，我們差幾步就要進去時，一個高年級的學長扯著怪聲叫著，「老張喔，你今天遲到啦。」

父親笑嘻嘻沒有回答，但我還是相當得意，一個人老遠就被認出來，可見他是個有頭有臉的人；就算郵差每分每秒騎著腳踏車送信，也不見得有人知道他叫老張或是老黃。

這天父親把我交給老師後，很快就消失了蹤影。我在第一節下課鐘響後站在走廊等他，到了第二節課結束時他仍然沒有回來。我雖然有些失望，但也知道開學當天他應該很忙，若不是校務工作把他耽擱了，那就是學校還有更重要的任務要他處理，否則他不會沒有交代就把我丟下來。

最後一節課開始的時候，我沒有走進教室，我怕人發現而挑著牆邊走，看到有窗的校舍就踮起腳尖仔細瞧，但沒有一個人是他。找到後來，我甚至來到了校長室的門口，牆壁上的牌子讓我全身冒起雞皮疙瘩，我以為我終於找到他了，可是又覺得太過意外，一時無法承受那麼崇高的想像，我的胸口剎那間怦怦地跳撞著。

校長是個老女人，眼鏡垂在胸口，兩條鍊子跟著她的手晃動。

後來的畫面是他穿著一身全黑的橡皮衣，腳下是笨重的長筒雨鞋，蹲在鐵皮屋的灶台下用力刷著髒汙的地板，旁邊則是整排靠牆的鍋爐，瓷磚的檯面擺滿了瓶瓶罐罐的油醋和一堆堆的菜蔬。廚房口一陣熱浪襲來，最裡面有兩個白色洞口不斷攪動著抽風機刺耳的聲音。我看見他的雙掌疊在塑膠紅毛刷上，拚命地刷啊刷，刷完了沖水，沖水後又繼續刷，聲音被機器吸走了，視線被紅毛刷吸走了，他完全不知道我從頭到尾站在後面看著他。

我沒有喊他，悄悄離開那間鐵皮屋後，捱到了放學鐘響才混在別人的隊伍中走回家。這時我的母親依然坐在地上，但她自己移到屋子裡面了，我幫她擦掉口水，她卻因為高興反而流出更多。

父親回來後問我上課情形，能不能適應，有沒有交到新朋友？我說了幾個名字，那是我第一次說謊，把巷子裡的玩伴一個個念出來。他沒有受騙的反應，但也沒有任何回答。

此後的三年，我再也沒有一次和他同時走進學校。每天同樣的早晨，我藉故躲進廁所或者再把書包整理一次，讓他一個人先走，我隨後轉進一條巷子再衝出馬路，然後在平行的棋盤巷弄中急奔進入後門的校園。

小學四年級，房東要回了房子，我們搬到離學校更遠的地方。那間屋子更為破陋，可喜的是屋前有個狹長空地，牆頭爬著一棚絲瓜。絲瓜藤開花的季節，蜜蜂到處飛舞，牠們通知了野外的蜻蜓，有時麻雀也會飛來，很多我不認識的昆蟲都來土堆上築洞，白天的母親總算有了說話對象，她每天嗯嗯啊啊的喉音慢慢變得輕快好聽。

學校變遠了，我不得不和父親一起出門。有人送他一台很舊的腳踏車，我側坐在他後面的椅架，方便碰到田陌外的上坡時趕緊跳下來。半個小時才能抵達的路程中，我們很少說話，來到校門口附近的土地公廟時，他就會停下來，要我下車和他一起拜，拜完後他留下來和土地公說話，讓我直接進去學校不用等他。

半個學期不到，以他為首的互助會突然被人搶標潛逃，那段日子常有人跑到學校找他催款，有的投訴校方，有的眼睜睜看著他跪在地上請求寬延。很多不堪的場合我都碰上了，但我只能躲在一旁偷看，就像第一次發現他雜工的身分時那般。

第二年春天，家裡開始有人上門，來的時候都在晚飯前後，人數到齊了就把門關起來，那是灶台後面的一間空房，他們躲在裡面打牌。父親一邊看我寫作業，每個小時就會進去倒茶換換煙灰缸，半夜再跑出去買些點心飲料回來，有時會把一包糖果悄悄放在我的床上。

我看過他們環坐的圓桌，每個人手上都有一把錢，圓桌中央堆著更多的鈔票，當最後一張撲克牌掀開時，贏的人就把那些鈔票掃進自己的錢堆裡，然後抽出一些零錢賞給父親。那是我對金錢的初次概念，有了錢之後，他買了變速腳踏車，還把母親送進醫院躺了三天再帶回來。我們家也買了第一台電視，那年四月發生了三十多名師生溺斃的蘇澳沉船事件，我還記得當教育部長的蔣彥士辭職下台。

有權力的部長丟了權力，沒有權力的父親想要靠著別人聚賭來翻身，那時我對權力的景仰雖然開始動搖，反倒發現了金錢最為重要，錢讓我的母親在各種藥物的治療下出現了奇蹟，她會縫補我的襪子了，雖然手腳還很鈍拙，但她補好了襪子咬斷線頭的那一瞬間，我在旁邊蹦蹦跳跳地哭了起來。

那時我的腦海裡開始出現了錢的概念，如果有了錢，老張為什麼還要刷地板，或許母親也不用經常坐在地上了。我想了很久，終於想到自己應該也有辦法——當我睡覺時，如果有一種東西還在默默地為我賺錢，那多好啊，那漫長的睡眠時間就不會浪費掉了。

欄圈裡的那隻小羊就是這麼來的，黑色的，頸部有一團白灰，咩咩的叫聲有點沙啞，畢竟牠不太適應，就像我也是念到五年級才適應下來。

每天清晨，我起床第一件事就是跑到欄圈外看看牠、摸摸牠，牠的進展比想像中緩慢，但牠確是我的成長過程中第一個願望，那裡面混合著我對父親的恨意和柔軟，我默默期待把牠養大後直接送給他。

我曾經告訴秋子這段往事，可惜那隻羊的結局來不及說完。除了那隻羊，我也很少提到自己的父母，我以為經由善意而隱瞞下來的才是愛，不用讓她聽到太多的悲傷。但是這些都晚了。倘若當時我毫無保留，讓她適度承受悲傷所帶來的神奇力量，或許當她碰到挫折的時候就不會那麼急著離開了。

秋子不知道的還有這件事：一天深夜，那隻羊突然發狂地把我叫醒，原來一堆警察站在外面敲門又撞門，沒多久一桌賭徒和賭金全被帶進了派出所。幾天後學校辭退了雜役的父親，我們家馬上又陷入困境，日子過得就像母親逐漸惡化的病情。雖然絲瓜藤依舊開著黃色的花，蜜蜂照樣成群飛舞，但那年的冬天說來就來，冬天的一個清晨，父親在一條野溪的深潭中靜悄悄浮了上來。

2

台北的松山路有個永春坡，那是個營區，我隨著外島部隊移防回來時，就在那裡等待著十個月後的退伍。那時當然還不認識秋子。或者應該說，我還不知道這個世界會有一個秋子即將進入我的生命。每到星期日的早晨吃完饅頭，松山路的公車就會把我載到西門町，我在那裡第一次看見城市，穿著便服在街上閒逛一整天，臨近收假的黃昏才沿著重慶南路鑽進一家家的書城，然後慢慢走到轉角的騎樓下等車歸營。

那是我唯一認識的台北，熱鬧且又充滿機會，沒有家鄉的荒涼，也不像馬祖島域四面環海那般空茫，這個城市以它的熱鬧繁華帶來了一種陌生的幸福感，我以為從此以後自己也將成為這樣的人。

我的錯覺其實就是錯的，退伍時同梯的台北兵讓我借宿他家，我趕寫了十幾封求職信後沒有收到任何一張回函。我在人事廣告欄打勾的目標大抵都是行政業務的職稱，以一個充滿稚氣的退伍兵來說，那只是相當務實誠懇的基本範疇，然而台北似乎不願給我那麼一點點卑微的天空。

十天後的晚上，轉搭公車的回程中，車子繞道停在路口，忠孝東路突然陷入平常沒有的昏暗，只見黑晃晃的人群一個個躺臥在馬路上。我不知道那是什麼悲傷帶來的感染，沒有猶豫多久，我就沒頭沒腦跟著他們躺下了，兩旁的陌生人年紀都比我大，我想他們應該也是不幸的人，才會躺在路上沒有回家。

一個留鬍子的轉過頭來說：「你為什麼會來參加？」

「哦，不知道……，我剛退伍。」

「那你一定也很急，準備要結婚了喔。」

半小時後我才知道那是轟動一時的無殼蝸牛運動，很多人輪流拿著大聲公喊話，抗議政府沒有兌現住屋政策，高房價趕走了想在台北安家的年輕人。這時我才發覺自己躺錯了，我看著雲層遮蔽的夜空一片淒涼，想起母親被地方人士幫忙安置在療養院裡，事實上我回去以後不僅沒有房子，也已經沒有一個實質上的家。

隔天我離開了台北。

退伍後見到的母親，她並沒有繼續活多久，大約就是為了看我一眼，才硬撐著不願意闔上她的眼睛。我不認為她的心智還有比那個瞬間的眼神更清明的了，我摸著她的手，那歪扭的顏面霎時宛如觸電般靜止下來，臉上的線條像水的波紋逐漸散去，泛黃的膚色變幻著她這一生中最美麗的紅與白。

三個月後我走進一家建設公司的總經理室，那人的桌上擺著我那份幾近空白的履歷表。他問我既然沒有任何經驗為什麼敢來應徵，我強調說我已經準備好了，還當場念出一長串有關廣告企劃的工具書名。但他沒有仔細聽，因為手上已經握有一堆試題，他從裡面隨便抽出一張遞給我。

空白的試卷上只有短短一行字：

希爾頓不在克難街

我知道希爾頓，那是台北一家大飯店的名字，每次經過忠孝西路必然看得到的高檔招牌。但我不知道克難街在哪裡，我的台北只有松山路和西門町。我大略猜得出這個標題的原意，他們假設要在某個城市的克難街推出一個預售屋，案名雖不一定叫做希爾頓，卻想要訴求品質配備和希爾頓飯店一樣高級。

但我不敢冒險，我不知道陌生的克難街還暗藏了什麼玄機。

我請求他換個題目，並且極力解釋我對地理環境的陌生。他瞧我悲憫的一眼，在那堆試卷中翻了很久。他是個好人，胖胖的，兩手很短，好像要在籤筒中為我挑出一支上上籤。十五年後我在路邊搭上的計程車，他就坐在駕駛座裡，頭殼後面都稀疏了，脖子下面一件起毛的灰背心。

結果他給我的考題是倒過來的，也就是先有一堆文字，讓我看完整段訴求後，直接在文案上面給出一個標題。

那段文案並無新意，大抵就是描述一家人千尋萬覓，一直找不到理想的住屋，市場上到處都是粗製濫造的建築，直到發現了……。

它的庸俗讓我非常放心，讓我覺得房地產廣告大致就是這樣了，不至於超出我能掌握的範圍。因此我一點都不緊張，也不急著交卷，眼睛望著窗外街道上的招牌開始尋找我的靈感。

然而在這一刻，母喪八天後的夏日上午，我不知道自己究竟怎麼了，是太過悲傷的關係嗎，竟然會在尋思中突然墜入恍惚的深淵。我的腦海裡毫無動靜，時間慢慢過去，我記得後來甚至還把那枝原子筆橫擺在試卷上。我不明白那是什麼悲傷讓我如此，毫無任何徵兆，我突然想起那天夜晚躺在忠孝東路上的那些人影，想起父親等我走進校園才從後面趕上來的身影，自然也想到自己現在什麼都沒有了……，當這些很不妥當的感觸蜂擁而來時，眼前的試卷非但來不及寫出一個字，噙在眼裡的淚水倒是爭先恐後掉了下來。

那個標題後來是怎麼填上去的，我已經忘記了。後來我想，應該是出於同情吧，這位總經理大概看得出我身上具備著巨大的悲傷能量，可能因而認定以後會是個奇才。那幾滴眼淚到底沒有白流，他皺著眉頭看完那一行胡亂的標題後，慷慨地給了我三個月的試用機會。

我從此踏上了房地產的初階，隸屬於這家公司的企劃部門，幾個女生都是我的姊輩，她們的素描功力一流，美工打稿的效率快而準確，不像我每每為了找尋靈感幾乎都要敲破腦海。

然而腦海中的創意是最誘人的，它來自完全自由的想像空間，極度適合像我這樣一無所有的邊緣之人。更重要的，還有一個強烈元素吸引著我，廣告的世界容許我直接說話，可以試著闖入別人的心靈，不僅能夠呼喚任何一個陌生人，甚至還能呼喚我自己；我曾經迷惑過的權力已經虛幻地消失了，如今也許一枝筆就能展現來去自如的本領。

當然，上天還有安排，這時候的我其實已經走在秋子即將出現的城市裡。雖然沒有任何預感，但我的內心卻無端充滿著喜悅，每天帶著微笑上班，每一件煎熬出來的作品不斷受到賞識。我不知道這是不是因為秋子。一個深愛的女人即將到來前，似乎每樣東西都會呈現出原來的美好，四周忽然那麼安靜優雅，氣候反常地舒爽宜人，像一座森林頻頻散發出清新氣息，時時刻刻一直飄來美妙的夢中。

3

白琇小姐，妳看，這時的我過得多好，一個人租房子，一個人料理三餐，沒有任何牽絆，漂亮的人生就要啟航，只等著一個女人走進生命，她即將成為我的第一個家人。

我這個人的靈魂在哪裡？啊，我幫妳找找看。至少他現在擁有一個完全自由的軀殼，不用每天苦守在公司座位上，就算下著一點小雨也能藉故躲起來，而且熬夜後可以乾脆睡到中午，有時看完下午場的電影還能悠哉地陶醉在片尾的音樂中。妳可知道，他一轉眼成為孤兒，只有想家的時候才知道孤單，這並不是壞事，有人不想家還是照樣孤單吧，他的孤單算是有條件的奢華，這個世界太美好了，他認為沒有多餘的時間虛度它。

白琇小姐，我盡量不想家。可想而知，一旦我擁有了家人，譬如後來終於出現的秋子，我用生命來保護她都來不及，還能讓她無緣無故地離開嗎？當然，這樣說可能太早，人在哪裡、長什麼樣子都還不知道，何況這時的世界裡也還沒有妳的父親。妳就姑且當作這是別人的故事，隨意聽聽就好，靈魂這種東西本來就是最難捉摸的，當我說到生命中某個瞬間而讓妳發現它時，妳可以立即喊停，也可以聽完再下結論，或者也可以當作我在自己的夢中說話，妳遠遠地看著就好，靈魂就算真的看得見，也不過就是一個卑微的靈魂罷了。

妳可別以為那時的我每天充滿著閒散自由，我是認真的，一切都是用生命換來的。如果終於碰到靈感忽然來會的瞬間，我的神經馬上就會完全緊繃起來，哪管當時風雨大作，或是熬夜來到了月落天明，我會急匆匆地跨上了摩托車，把剛到手的靈感創作藏在懷中，一路奔回到公司才算真正活過來。我也曾經在晚場電影的纏綿劇情中突然起身，因為靈感又來了，我奔出了電影院，只想著用最快的途徑可以到達哪裡，眼前一片幽幽月光，腦海中卻是晴空萬里，這時的念頭就是想要奔跑，最好當街飛起來，像一陣風穿過林梢。

白琇小姐，注意聽，快要談到秋子了。

那天我突然又抓住一個超級靈感的時候，是在某條巷子的轉角處，那裡有一家果醬店，我在裡面剛挑好了兩罐草莓醬，還沒結帳，這時，一道極細微卻又非常深沉的感應突然就劃過腦海進來了。這時我就知道了。我悄悄擱下果醬，簡直躡起了腳尖，來到門口時還故意輕巧得像個無事之人，生怕它會在我的興奮中變形，畢竟它還是那麼飄忽，只在腦海中占著一個小而溫婉的瞬間。

我記得那是一九九五年，晚夏入秋，午後大約三點。果醬店往東走，一百公尺內有家咖啡廳，裡面的牆角空著一張小桌，彷彿就是為了等我坐下來。這時我當然還不知道秋子就在裡面，倘若這家咖啡店裡沒有秋子，應該就像我的生命中沒有生命一樣的吧。當然這都是後來深深的體悟才能明白的，一個人走在快樂或者悲傷的路上，也要多年以後才知道什麼是該忘的、什麼又是不該忘的快樂與悲傷。

我沒有喝過那家店的咖啡，它並不起眼，頂著路邊一個有點破舊的屋簷，門口還塞滿了摩托車，若不是因為那兩罐果醬的鬼使神差，我應該不可能走進來，而是直接回到租住的地方。

然而我終於走進來了。

我悄悄掏出了紙筆，頗為神聖莊嚴地寫下腦海中的標題，一個字都沒有讓它跑掉，寫完後竟還煞不住筆尖的貪婪，美妙的文思魚貫而來，沒多久整篇廣告幾乎可說已經完美成章。

這時的我終於放心抽起煙來，終於聽見優美的音樂開始輕聲流淌，藏在室內植栽裡的水泉悄悄迴盪著，一切忽然是那麼美好，連旁邊桌間的笑鬧聲聽起來都像是一波波動人的樂章。

半個多小時後，斜對面的桌間突然響起敲敲打打的聲音，我這才知道那是一群女孩的聚會，她們的手齊聲敲在桌面上，十幾隻眼睛並且朝我瞪視著，然後紛紛站了起來。原來這是她們離座前的抗議，應該是我手上的煙吧，空氣中確實看得見白色的煙霧飄散著。

從我的桌邊繞過去時，一個個繃著臉走到了櫃台。

後面的一個走得較慢，我朝她招招手，那張臉頓時紅漾起來。

「我沒有敲。」她說。

我指著沙發上一個遺留下來的紙袋。她搖搖頭，「裡面空的啦。」

但她還是回過身，去把那個紙袋撿了起來。

她的眼睛很亮，長睫毛掩著單眼皮，臉上一股羞澀氣息，說話時噘著嘴，鼓起了唇邊一粒小痣抗議著。我看得出她對自己有些懊惱，因為憑白無故說了兩句話，而我只是一聲不響看著她。因此當她撿起紙袋從我眼前走過時，下巴抬高了些，那生氣的樣子顯然和我的煙霧無關，好像被我占了便宜，討不回去，走出去時鞋底上蹬出了幾聲怒意。

如果在這之後，我繼續抽著煙，或者外面沒有忽然下著雨，這一生中我和她應該就這麼錯過了。十分鐘後我收拾文稿走出去時，才發現她們還沒有離開，一起擠在小小的雨棚下，那生氣的女孩站在最外圍，胸前幾乎貼在朋友的背上了，短髮下卻還是濺到了水，滑亮亮地露著一截白白的頸項。

雨棚下已經沒有多擠一腿的空間了，她哆嗦著瞧我一眼，想了幾秒，突然主動往前靠了上去，然後伸出一隻手，手是從她背後伸出來的，無緣無故朝我勾著小指頭，很像一家人在外躲雨，再怎麼樣也要把我攏在一起似地。這小小的動作讓我非常錯愕，儘管不便靠上去，卻有股衝動想要多知道一些，我體會不到她的想法是否和我一致，是那麼陌生卻又善良，一下子把我其實已經孤單很久的心靈完全勾了出來。

我不知道應該如何表達，路上沒有長久的雨，天空遲早也會放晴，萬一她們突然一哄而散怎麼辦？恍然間我摸出了一張名片，趁那紙袋還被她抱在胸前，趕緊像寄信那樣從敞開的袋口扔了進去。

我想她也看見了，眼前閃過去的是一片白影，她有些訝異，想要轉過臉來看我，卻突然又在遲疑中垂了下去。

三個月後，終於打了電話來。

「名片讓我很苦惱。」她說：「下雨的關係嘛，就記得很清楚，」

「我以為妳把袋子扔掉了，名片忘了拿出來。」

「是袋子裡面有名片，害我連袋子也留下來。」

她在一家法式餐廳當服務生，秋天生的孩子，家人都叫她秋子。

那時的手機還沒普遍流行，她留給我的套房分機卻不好打，沒響幾聲就會被樓下的管理員切斷。有一天我跑去那家法式餐廳的窗口看她，果然穿著黑絲絨的長褲，一件白襯衫搭著紅背心，端著圓盤穿繞在水晶燈下的桌間，和客人說話時彎著三十度的背影，亞麻布的桌面映著搖曳的燭光，那雙眼睛在賓客的注視中瞇起來並且羞赧地微笑著。

直到冬天我們終於見面時，她正在準備餐廳的例行考核，背了一串名字給我聽：奇里安諾松露海鹽，瑞德巴契草本鹽，喜瑪拉雅山岩鹽，馬爾頓煙燻海鹽，歌荷德松露鹽，卡門瓦倫西亞海鹽，法國新娘之鹽……，彷彿她們餐廳只賣鹽。

我所認識的秋子，大約就是從那一堆鹽的背誦開始。她應該很適合背鹽，那些字眼雖然怪異但不算太長，頗像她特別簡短的語氣，簡直就是個說不出完整一句話的女孩。我卻覺得這樣的女孩直率，沒有奇怪的想法藏在話裡，聽起來簡單明瞭，見面時大約都是這樣的例句：想做副店長嘛。可惡。住南投縣。深山啦。借我一本書。你做廣告喔。有人走過來了。

那時的房地產市場還算興旺，每個業務員領到的獎金都是鼓鼓的大紅包，我的固定薪資卻剛好只能塞到褲袋裡。雖然不至於羨慕他們，但那些興奮的表情常讓我看見自己的寒酸，不然我也很想花錢治裝，優雅地走進她上班的餐廳，看她端著盤子朝我走來，為我披上白淨的餐巾，然後用她點亮的眼睛問我點什麼餐。

再見面時，剛好她又碰上了餐廳的年終考核，這次的背誦是關於上菜。她先把菜樣說給我聽，像在寒冷的冬夜溫暖著我的胃：干貝前菜囉，然後法式焗田螺。副菜就是宜蘭鴨，一大早運來的。對了對了，你相信嗎，還有孟宗筍……

「我挖過孟宗筍，天還沒亮，地上都是露水，要小心撥開竹葉，注意泥土的紋路，看到筍尖就慢了。」

「小時候我也種過絲瓜，盛產的時候讓我有點苦惱……，」

我還沒說完，突然被她的小動作嚇了一跳，她用手指頭把袖子反扣在掌心裡，然後整隻手抬起來橫擺在嘴邊。

我問她怎麼了？原來她要表達的是，「你說你說，你為什麼苦惱？」

「因為絲瓜突然太多了，我不知道要先吃哪一條。」

沒想到光是這樣她就笑著了。我發覺她的喜悅總是帶著驚奇，而且笑得有點早，每次我才說到一半，她的笑意早就漾在唇邊等待著，看起來有點蠢，我卻又特別喜歡這樣的天真。

喜歡也許說得過早了，可能只是因為對她充滿著好奇吧。像她這樣未經世面的純真，如何承受得住以後她要面對的人間事物，或者如果偶然聽到了我的沉重往事，那時她還有這樣連著酒渦一起微笑起來的表情嗎？

生來就是為了讓我隨時感受著小小的溫馨，才會這樣微笑著吧。

「剛才說到哪裡？」秋子說。

「餐廳要進行考核了，妳剛剛說到了孟宗筍……」

「可惡。」她整起面容，嘴裡又開始默念起來。

4

人的一生如果容有幾次的戀愛，我還是寧願一次就能走完。也就是說，雖然剛剛走在第一次的路上，我卻已經知道後面的永遠不會來。這麼篤定的想法也許有些荒謬，可是愛情路上誰又知道什麼段落是最為正確的呢，本來就像縹緲的靈感那麼難以捉摸——靈感不來時，腦海不過就是一片死海，唯有當它忽然波濤洶湧，才能體會孤寂的世界原來也可以翻轉，只要抓住那麼一瞬間就綽綽有餘，大浪過後管他餘波盪漾，該上岸時把船繫好就是了。

秋子就是腦海裡的那個瞬間，一個讓我最為驚喜的靈感。

這一年她小我十歲，就像五十年後我還是大她十歲那樣。然而心靈的差異並非如此計算，兩人一起同老就沒有多大區別，兩人都還年輕時反而才有老幼之分。她顯得太小了，小得像她家裡的孟宗筍還沒冒出土，我卻已經繼承了過多的哀傷而容易陷入不安。基本上我急著想要擁有一個家人，而她卻還像個鄰家女孩那樣蹲在地上嬉戲著，不免讓我擔心她的年輕之路萬一遇到橫阻，我卻已經跑到終點站遠遠地等待著她。

因此，這一年冬天，由於一種生怕什麼都來不及的恐慌，我毅然辭掉穩定自由的工作，搖身一變成為專賣預售屋的業務員。我決定挑戰自己的凝重與木訥，也不希望以後的秋子還要背誦著她的鹽。

所有的難題比不上擁有一個秋子。

我的摩托車開始每天四處奔走，追蹤客戶時跑遍小鎮偏鄉，最遠曾在一個叫木瓜坑的縣道上摔進了灌溉用的溝渠。皮肉傷有一定的癒合期，業務上的挫敗也能想辦法盡力挽回，那種臨界點通常只要撐過就過了。

唯有一種傷痛過不了，低落的情緒往往會把更大的陰影帶來，來的時候淒風苦雨，我的父親他會變換出多重幻影，我看不見他在天上，也看不見他的孤魂飄蕩在何方，只知道他隨時會在我的獨處中露臉，臉上一直那麼浮腫與蒼白，難怪溪邊的婦人不讓我看他，那天早晨匆匆把我摟進她的臂彎裡。

我本來過得很好，一個人獨處很少帶來痛苦，他出現的機會並不多，因為我不願想他。自從認識了秋子，獨處的滋味才開始走樣，變得念念不忘，時時感到空虛和錯亂，以致讓他有機會趁虛而入，某種意義上他似乎在安撫著我，其實反而讓我陷入更大的悲傷。

我沒有告訴秋子。

三個月後終於領到銷售獎金的下午，我悄悄去到她上班的餐廳，那時水晶燈已經打開，優雅的桌間還沒有客人，她們站在廳口聆訓，一個男主管也許正在抽問各種待客要領。我貼著窗口仔細看著，很怕秋子被人揪出來，她忘了刷馬桶，也有可能漏掉了卡門瓦倫西亞的什麼鹽，總之她讓我擔心，讓我乾嚥著口水那樣地焦慮著。我忘了自己是來慶祝的，口袋裡塞滿了錢，期待坐上秋子服務的桌面，讓自己成為她今晚的第一個客人。

一部部開進來的轎車朝我按著喇叭，我從一個窗口換到另一個窗口，腳下踩著餐廳停車場的分格線。客人陸續進去了，窗玻璃隔著裡面的輕聲細語，那些衣香鬢影是那麼優雅，這時我才注意到自己還穿著制服，鞋上沾著一些泥巴，最重要的是忘了先在工地洗把臉。沒有人規定吃西餐要先洗臉，但我其實很討厭的法式餐廳好像都該這樣，每個客人甚至洗過澡、噴了香水才來的，可見我的笑容一定比別人髒，這會讓秋子為難，為我披上餐巾時一定非常緊張，因為她還會發現到我的制服掉了一顆扣子還沒補起來。

而且，我何嘗願意和那些人一起看見秋子。

好可惜，我心裡說。領了獎金馬上趕過來，為的就是不要讓那種熱騰騰的喜悅冷卻掉，戀愛本身就是一種分享，任何好事如果讓對方最快知道，那種分秒不差的喜悅才會動人。我簡直浪費了一個驚喜。

我在附近的騎樓下吃了一碗豬腳飯，然後繞進一家書店等她下班。

那股想要和她分享的激動後來不見了，我聽到的是她期待晉升副店長的考核。她的話語本來就很簡短，加上語氣急促了些，那些聲音跳盪著滾進耳裡時，難免讓我跟著緊張起來，眼看著她就要過關斬將了，這時卻突然嚥下口水，換了氣，聲音才墜下來，「落選了。」

「怎麼這樣，我每次聽妳背起來都很流暢。」

「還有術科嘛。」

我聽了大笑，笑得眼淚快掉出來，沒聽過餐廳考核竟然也有術科，原來她說的是店經理充當客人，要看她親自上菜，一道道的解說都要實際做出來。

「我準備很久，一個字都沒漏掉。」

「說來聽聽看。」

「我做得不好，請多指教。」

「什麼意思，餐廳規定要說這句話嗎？」

「我加上去的啦，以為可以加分說，想不到還被倒扣，說我沒經過大腦，還沒服務就說做得不好……」

「那後面的還好吧？」

「每道菜都沒問題，我最喜歡說菜了，好像自己要吃。」

「那應該可以過關才對。」

「忘了刷掉麵包屑嘛。可惡，他掉太多了。」

這時候的秋子，我大約算了時間，十分鐘內毫無笑容，那小小的酒渦也不見了。酒渦不會騙人，惆悵的時刻它也會和我一樣跟著惆悵著。

麵包屑故意掉的呀。一個小時後她還在懊惱著。

5

轉戰業務第三年的尾聲，我每天睡在工地樣品屋裡。工地附近有廟，站在窗口就看得到廟頂的飛簷，誦經聲不時傳唱而來，客人要是恰恰聽見了那些經懺，通常都是二話不說，看完模型道具後立刻走人。

多數人忌諱的工地，反而有更多機會讓我深入接近它。

我喜歡天亮後滿滿出現的生機，也親眼看到了一棟建築的萌芽，它從地下水層的抽取排放逐步啟動，不久之後怪手們進場挖方，綁椿鐵工嚴陣以待，直至整個結構底層正式進入了混凝土澆置的初階流程。基礎工程看似緩慢，每分每秒卻是一個具體生命的進展，稍不留意很快就形成了胚體，板模工每天敲敲打打，運材卡車連番來去，賣檳榔的大姐開始踩著短靴在鋼筋陣裡穿梭起來。然後柱模立起來了，另一班的牆模也立起來了，水電配管的查驗逐步放行，灌漿車來了又走，飛揚的沙塵落定之後，廟裡那些誦經聲便再一次悠悠傳來。

結構體冒出地面後，我的銷售進度卻還埋在土裡。

每週一次，我跑去參加房地產銷售的菁英課程，那裡黑壓壓的人影恍如坐滿了整台列車，火車即將開往經濟奇蹟之路，台上的講師斜揹著銷售冠軍的紅彩帶，只差還沒吹響領軍出發的號角。他除了在白板上寫字，有時也會挑幾個老學員上台演練，當場示範如何應對各種不同客戶的橋段來。

他舉一個例子說，為什麼每一年他都拿得到銷售冠軍。

「對方如果猶豫不決，想要去問神明，嘿，機會就來了，你就等他問完回來再說。就算一半的神明反對他買，沒關係，你叫他去神明面前擲筊，也就是博杯的意思啦。萬一他博到了笑杯，別急，問他用了誰的名字，反正理由很多，想辦法讓他再去博一次就對了，總有一次聖杯的嘛。萬一你還是那麼倒楣，那也還有最後一招，反正底價還很深，你就讓他一點價，偷偷告訴他：再去問問看，說不定神明就是在等待這個價錢……。」

講師的嘴角匯集著越來越多的泡沫，時間到了就咻一聲吸進了半灘，殘餘的繼續堆滯下一波的高潮。這時他還鄭重宣布了一樁好消息，有一家上市建商給了他幾個主管名額，只要結業考試名列前茅⋯⋯。

學員們個個精神飽滿，邊抄筆記邊發出笑聲，他們裡面有的是退役軍官，有的曾經混到直銷界的藍鑽資格，也有失意的上班族想要轉業翻身，另有一個剛剛把他的早餐店收掉了，他告訴我說不能一直沒有自己的家。

我想告慰他說，我連一個家人都沒有呢，後來忍住了。

季節來到深秋的上午，一個非常不得已的上午，我終於說了一個謊。

那是個老婦人，打算給她守寡的媳婦買間房，前後已經考慮半個月，媳婦也來看過了樣品屋，口頭上終於敲定最小的格局，正準備回家拿錢下訂。

沒想到她們回家拿錢的路上，突然繞進了附近那間廟宇。

老婦人在電話中說：「歹勢啦，我去博杯，結果是笑杯。」

「阿嬤，汝博杯是用啥人的名？」

「當然是用我的新婦啊。」

「毋著啦，錢是汝家己出的，博杯當然嘛愛用汝家己的名。」

「用我家己喔，哎喲，按呢我緊來去博，我嘛希望是聖杯啊。」

那冠軍講師的招數真靈，話術稍稍改了口，小小的謊言馬上突破了我的陰霾。那天下午，老婦人來到現場完成了訂單，還高高興興地邀我找時間去她家作客，她賣水餃已經很多年，水餃攤子就擺在家門口，希望我給她機會好好地答謝，水餃、滷味都不用錢。

我答應了她，卻每次只要經過她家附近時，馬上繞道離開。

我暗自算過了，她的水餃一顆兩塊錢，而我多賣了一百多萬，今後她們婆媳兩人還要白白包出六十多萬顆水餃，才補得上這筆殘酷的價差。究竟這是什麼買賣，她專注在博杯過程而把信任交託在我身上，這時候神明為什麼還要給她聖杯呢？連續幾天，我一直想著她家騎樓下的那一堆餃子皮，有時噩夢中裹滿了零碎的餡肉把我驚醒過來。

我最後賣出的房子，就是這麼一戶永遠難忘的水餃房。決定離開工地的最後一晚，下著雨了，我把簡單物品收拾妥當後，突然聽見外面有人叩著玻璃門，回頭一看竟然是秋子，她兩手撐著外套擋在頭上，雨水沿著潔白的襯衫制服滴下來。

想要給你驚喜嘛，她說。

還在為那件買賣陰影蒙受著折磨的我，見到了秋子更為激動，而且多日以來沒有看到她了，那一副水淋淋的樣子讓我十分心疼。她顯然找了很久的路，只記得我曾說過工地附近有廟，沒想到就這麼給她找到了。但也不太尋常，晚上八點還是餐廳的黃金時間，照理說她應該還在上班。

「餐廳大門沒開，客人進不去，同事站在外面等。」

「妳說的是什麼？」

「倒閉了啦，前幾天狂賣打折券，原來都計畫好了。」

她全身哆嗦著，我趕緊把飲水機開到沸騰，給了她一杯最燙的咖啡。她把濕淋淋的外套穿回身上，體內的寒意卻不斷從衣服裡顫抖出來。

「妳趕快把衣服脫掉，樣品屋剛好有一台烘乾機。」

她兩手捧杯啜了一口，停下來看著我，「怎麼脫？」

「妳可以進去裡面，襯衫和外套全部脫掉，再把小背心穿回來。」

「要死了。」她捧著杯子，眼睛看著天花板，兩排牙齒喀喀響。

「不然這樣，妳坐過來，我拿一條毯子把妳包起來。」

她轉頭看著我，眼裡泛起一抹水霧，我伸手撥著她髮梢的雨水，她猶豫了幾秒，突然栽進我的夾克裡哭了起來。外面吹來帶雨的風，往外掀開的斜窗搧了兩下又關上了，這時她直身坐回原位，取出了一個信封遞給我。

「你拿回去，我不要保管。」

是一本存摺，我們約好每個月省下來的錢放在共同帳戶裡。

「既然一起存錢，妳沒必要還給我。」

「工作沒了啦，以後都是你自己的錢。」

我才發覺這下突然那麼湊巧，明天開始我們剛好都要各自謀職了。我說：

「不然這樣好了，反正這些錢買不到半間廁所，存錢的事以後再說，我們乾脆出國去玩，用這些錢剛剛好。」

「你是說全部花掉嗎？」

「如果妳願意，」我看著她的眼睛，「也可以用來蜜月旅行。」

她以為聽錯了，學我的句子小聲念著，後面四個字噤在嘴裡。這時她又把襯衫袖子扣進手心裡了，整隻手抬起來，橫在鼻梁上以及忽然囁嚅起來的嘴唇，恍恍然看著我，眼睛要亮不亮地困頓著。我不知道是否又把她弄哭了，那表情好像藏著一壺水在心裡沸騰著，外面聽不見一點點聲音。

「也可以全部省下來。」後來秋子說。

6

中部崛起的一家賴氏家族，市場上都稱它馬達幫，橫跨肥料、民生物資產業，建築部門則剛成立不久，算是集團裡的分支。馬達幫二十多年前替人維修馬達起家，聽說集團文化強調馬上必達，售後服務無人可比，一九九八年相準了房地產的淘金藍圖，由賴家第二代負責龐大的祖產土地開發。

留美回來的老闆有一張方臉，有南部人黝黑精悍的肌肉線條，檳榔一次兩粒，兩側的顴骨在喀嗞喀嗞的咀嚼中隆起，血液貫穿鼻梁上方，兩隻眼睛在漲紅的臉孔中發出熊熊的光。

他抽出履歷表，邊看邊發出微詞，對我頻頻跳槽的紀錄生出疑慮。

去年一個傢伙進來三天，被人發現每天晚上偷偷拷貝客戶資料……。

當然，我不是在說你，你看起來不是這種人。他說。

不然你的資歷很不錯，會做廣告又摸過業務，天塌下來也不會死。

但是你一個父母兄弟都沒有啊，這麼慘，不如趕快結婚吧。

你也住過二林鎮喔，那應該聽過我們以前的肥料工廠……。

他擱下那張履歷表，扔掉指縫裡的香煙，換了一根新的點燃，煙灰缸裡趴滿了只吸兩口就丟的蠶山。

我針對結婚的事情大略向他說明，我已經有一個很好的對象，但我認為應該先有一番作為，才有資格擁有她。他點頭表示接受，兩手抱著胸口在那張軟椅上搖晃起來。

「雖然我沒當過主管，但我知道一定可以做得很好。還有，報告董事長，我住二林鎮的時候還小，很抱歉沒有看到肥料廠……，我真想回去走走，有時候我覺得自己太過封閉了。」

「不用去，馬達幫現在看不上肥料廠，動物身上沒幾個錢。」

他呸掉了檳榔渣，叫祕書上來把我的資料建檔。他的祕書很漂亮，閃著睫毛問他要怎麼填報職位，我微微起身想要讓他們方便說話，但他似乎早有腹案，突然對著空中朗誦著，「你從儲備主管開始做，以後看你表現，只要是人才都有機會升遷，我規定員工每天都要對著天空說話，亂說也行，反正只有一個太陽，學會對它忠誠就有希望。」

滿口的香煙檳榔，講話卻是意有所指的暗示，我點著頭聽了進去。

三天後的星期一，我擁有了生平第一套西裝，全身是有點俗氣的藍，但因為還搭配著晴空藍的斜紋領帶，頗有抖擻的凌空氣勢，走起路來難免好像騰雲一般。人事部把我安置在業務處靠牆最後一排，大方桌配有一把旋轉椅，正前方就是隨時有人進進出出的業務團隊，三點鐘方向我看見那個祕書蹺著大腿講電話的模樣。

秋子和我舉杯慶祝就任新職，我們第一次坐進法式餐廳裡，她有些不安，第一道前菜冷盤吃得很慢，燻鮭魚上來時更加不知所措，兩手緊握著刀叉停在桌上，好像每道菜都要經過她漫長的祈禱。

「這些菜都是妳最熟悉的，何況現在我們只管吃。」

「我們不能驕傲。」

「怎麼會，妳看還有人抱著寵物吃牛排。」

「我們真的可以嗎？」

「秋子，試試焗田螺，原來真的那麼好吃……。」

晚餐後我們還一起逛了新開幕的百貨公司，逐層漫步在電扶梯和穿道間瀏覽，家電用品和婦兒專區大致掠過一眼後，我拉著她停在高級服飾專櫃前，那些模特兒身上的衣物豔光奪人，相形之下旁邊的玻璃鏡映出了秋子蕭條的倒影。我執意要她試穿一件短大衣，她瞥了一眼價碼後馬上退到一邊，雖然那隻手還是橫在臉上彷彿遮掩一道強光，卻不是平常那樣的驚喜了，混合著一種喜悅與絕望的意味吧，犯了錯似地把臉轉開了。

那天之後，我開始埋入繁忙的業務統籌，馬達集團就像一部超強馬力的機器在運轉，光一個重劃區就有三個工地同時推展。我負責巡跑每個案場，融合那些業務主管們整理出來的進度簡報，有時也會當場指出業務控管的一些疏失，用一種稍微有點權威的見解來幫助他們。

我發覺自從退離了業務前線後，反而找到了探討問題的高度，能夠客觀提出各種解決之道，然後很快判斷出廣告和業務共生之間的成敗關聯。

我的工作就是把這些綜合起來的報告交給馬達老闆。

老闆住在台中七期西側後方的農地上。很多人間事物在那當時都還沒有出現，九二一大地震還沒來，號稱世紀殺手的SARS疫情也還看不到鬼影子，包括那時我的夢境、我後來遭遇的快樂與悲傷都還只是醞釀中，一切秩序都還停留在當時還算安詳的世界裡。

就像平常一樣，我會在午後四點來到老闆家，那是一棟合院式老宅，門口停著三部轎車，裡面開著一個天井，種滿了紅豔豔的仙丹和幾棵果樹。這個時間他酷愛的職棒正在開打，廣告出現時我才有機會插入自己的簡報，兩隊攻守易位重新又開始激戰時，我的簡報便跟著暫停下來。他贊助的球隊如果被三振或是擊出了全壘打，我就會站在他背後惋惜地啊了一聲，不然就是陪他發出非常振奮激動的高聲喝采。

球賽停止的冬季，他如果一直沒有現身，我就會坐在公司裡待命，一切看他時好時壞的痛風症狀如何進展；通常都在上午十點左右，他的腳趾頭腫脹得沒辦法走路時，就會把我叫去家裡訓幾句話。偌大的家屋只住他一個人，天花板挑高六米，喊痛的聲息傳到廚房後面還有病奄奄的回音。有時他把事情交代完，祕書剛好來電催促一個不得不去的行程，這時陣仗就大亂了，幾分鐘後助理匆匆跑進來，司機跟在後面，兩人四手忙著把他困窘的兩隻腳套進特製的大鞋裡，然後各據一邊攙扶，一行人穿過院子裡的葡萄架，像擁護著一個受傷的君王匆匆撤離戰場。

門口那三部車子這時已經移到路邊待命，陽光下引擎齊聲輕吼，老闆好不容易爬進了最前面那部車的後座，女助理這才坐上副駕駛座開始導航，後面的兩部空車各配一個司機隨行，出發時活像一個小型車隊，雖不浩蕩卻因為車身龐大而顯得威風壯觀。

我騎著摩托車在後面跟隨，直到他們穿越馬路往北消失，我才鑽進一條巷子慢慢騎回公司。有一次突然下著雨，我躲進騎樓後順便給秋子電話，分機等了很久，她說剛收到一封應徵信的回函，我說我可以等，妳就趕快先把信拆開吧。於是我聽見了她打開抽屜翻找著剪刀的聲音。

如果是我，直接就把那個封口撕開再說了。若是好消息，把它扯破了照樣還是好消息。就算輕輕地剪，從左到右一釐不差，壞消息終究還是壞消息，根本不可能扭轉寄件者的原意，反而只是搞壞了自己的心情。

我沒有催促她，只想告訴她現在下著雨，冬天的雨讓我感到空虛，尤其那個小車隊才剛剛轉彎離開。如果秋子妳也坐在車子裡面，而我就在妳身邊，那時會是多麼美好啊，彷彿剛從南投的深山裡把妳迎娶出來，一路的孟宗竹林響著嚇人的鞭炮，我們正要前往大飯店迎接一場幸福的宴席。

但秋子總算找出她的剪刀了。她把話筒夾在下巴，要我再等她一下，這才開始剪，多麼細膩地剪，幾乎不敢發出任何聲音。我覺得這些都不重要了。但我還是讓她剪，剪到天亮算了。我突然想說的是秋子我們結婚吧，快過年了，沒有人規定有錢才能結婚，以後我們慢慢有錢就好了。

電話那邊終於傳來了回應，我聽見她的喉嚨發出了有點心碎的聲音，那是一個非常小聲的哦，有點羞愧而不敢聲張的哦，失望透頂之後只能透露出這個單音。其實我的心情早就告訴我了，我甚至已經擔心以後還會這樣，我們結婚那天，應該也只是一個小小聲的哦，場面很小，兩粒灰塵結合，一條絲瓜迎娶一節孟宗筍，那個時刻最浪漫卻也最辛酸，要看以後的心靈如何激發鬥志，也得想辦法讓兩個人的愛情來昇華現實，否則會像馬達老闆那兩部寂寞的空車，漂亮地奔馳一段後還是會在路尾消失。

所以我應該更疼惜此刻的秋子，我聽到了這聲哦，突然想哭，就像自己也被人排除了那樣。我一直有很多話想跟她說。我愛妳純粹都是因為命運，不是妳多漂亮或者我只顧著身為男人的激情，我愛的是那個躲雨的下午，妳忽然朝我這個陌生人勾出了手指，那個動作看來平淡無奇，對我而言卻是一瞬間的驚心，妳簡直把我當成家人了，這是連妳自己也不知道的，那勾著小指的意象是那麼微小，像一萬個天使只掉下一根羽毛，幸好它沒有被風吹走，而是一瞬間飛到了我的生命中。

那一聲哦之後，秋子沒有說話，我聽見她的鼻音避開話筒，她的酒渦躲在一旁，她想和我說話但兩片嘴唇暫時只能囁嚅著。

「妳出來，我去載妳。」

「我又沒有哭。」

「妳剪太久了。」

由於分機的限時裝置把我們切斷了，我只好重撥一次，但這時的總機已經無人接聽。我只好衝入雨中，騎到秋子的公寓樓下，準備鼓起勇氣親口告訴她。

7

這一年暮冬，馬達集團預告了一個迎春計畫。

我不清楚那是什麼活動，只知道員工婚假要提前一個月申請。秋子要我早在三個月前就遞出去，結果把人事部的小姐一個個笑翻了。

「提早申請，你才不會騙我。」秋子說。

「馬上就去公證結婚，那就是真的了。」

「不一樣，你不知道等待多好玩。」

婚期的決定參考秋子的想法，也就是過完年，剛好百花齊放的春天。她認為年尾結婚最吃虧，沒幾天就會被人說成了結婚第二年。我卻是這麼想的，多一歲才結婚，對她來說比較不會受到那些女生們揶揄。

人事部除了笑談之外，也跟著提早把消息傳了出去，老闆有一天把我叫進辦公室，從抽屜中拿出一個鼓鼓的大紅包，「我知道你現在最需要什麼，這是私底下給你的，趕快收起來。」

他接著提起春慶計畫的內容，「蜜月旅行更不用你花錢，你乾脆去把預定的什麼東西全部取消掉，公司過幾天就會宣布包機出國的消息，到時候你們夫妻就在馬爾地夫玩到爽。」

這大紅包讓我心慌，我怕收下後就像簽了一份賣身契，不過它真的是錢，抵得上我和秋子看過的沙發和電器用品。馬達老闆出手這麼大方，秋子也不敢相信。

「你一定很重要。」

「嗯，所以我才敢求婚。」

「是求婚嗎，那時還在下雨呀，車子騎那麼快。」

可惜秋子不敢搭飛機，最遠的地方只坐船去過澎湖。雖然我樂陶陶地鼓吹著馬爾地夫多好玩，其實自己也沒去過，曾在旅遊雜誌的藍天碧海中神遊一番罷了。

「而且公司安排一大票模特兒同行，聽說她們要在高空走秀。」

秋子光聽就覺得興奮又刺激，但一想到飛機掛在沒有馬路的天空，馬上又冷卻下來。我們只好搭配公司的行程，重新推算蜜月的時間地點，當那一架馬達包機從桃園機場起飛時，我們租來的休旅車將以最快的速度開往同樣有海的花蓮。

婚禮在台中地方法院舉行，隨後在一家海產店用餐。秋子父母、她剛退伍的弟弟、還有我和秋子共五人。她父親有點駝背，拿起筷子之前小聲問我，「阿你家己一個人喔。」

我向他解釋公司剛好整團出國無法參加，但請你們放心，這沒關係，以後我對秋子越來越好比較重要……。

後來回想，我會錯意了，他問的應該是我的家人為什麼沒來參加。

秋子一點也不覺得彆扭，畢竟同桌都是自家人，她站起來給父母親夾菜，給她弟弟盛了一碗湯，租來的禮服還穿在身上，過長的袖子捲到手肘結成肥肥一團，很像一個廚娘捨不得脫掉白天的盛裝。

我也不停地勸菜，給旁邊的岳父母夾上兩隻大蝦，嘴裡頻頻說著對不起。對不起，真的是非常對不起啊。幸虧還沒喝酒，否則這時候我就哭了。雖然他們總算知道我已經沒有任何家人，然而我也沒有一條狗，或者順便帶來一隻貓，整個場面像是他們一家四人陪著我結婚，沒有任何一句怨言。幾道菜過後，秋子媽媽站起來，慎重地向我敬酒，她說秋子從小就很懂事，如果還有什麼做不好，看在她的份上，請我多多包涵。

我漲紅著臉，很想表達感謝，滿嘴的歉意卻還說不完。

突然嫻靜下來的秋子，難得像一個新娘。

一直到他們三人搭上晚班客運回家，我和秋子捧著花來到公寓時，她才喘口氣笑了起來，「好險，我叫媽不能哭，哭了就不嫁。結果真的沒哭耶，怕我賴給他們了，可惡。」

「他們回到山上一定很晚了。」

嗯。她說。

然後我們開始。

沒有聲音很難開始。秋子從來沒這麼安靜過，她坐在床尾，兩個肩頭縮在頸下，像一雙蝶翼停在畫裡。她一定後悔剛才笑得太早，笑聲一停反而凝住了空氣，兩個人都啞掉了，我們不曾待過一個沒有聲音的房間。

她一直捏著禮服下襬的穗花，已經快把它扯斷了，還是說不出一句話來。我們只在下雨那天晚上的樣品屋裡擁抱過，另有幾次則是路邊的偷吻像小鳥般輕輕啄食，如果還有，那也只是在我的夢中。但我喜歡她這樣害羞，四年來我們不像別人有過親暱的熱戀，彼此的表達也沒有很多，她卻總是讓我看見了我想要的，眼裡有一股純淨的神采，彷如一種非常貼心的透明，一看就是只有深愛的人才會顯現出來的真心。

我親著她後面短髮下的頸子，光溜溜地白到領口裡面了，好像她就是為了這一刻，才留著短髮吧；但也不完全是，在咖啡廳初識的那天下午她就留著短髮了。當然也有可能前世就已經開始。

我試著解開她後背上的扣子，才發覺租來的這件禮服大約有一萬顆扣子。我開始有點焦急，兩手幫我撥弄，氣氛越來越靜，只好找了一句話告訴她：這件禮服明天應該拿去還了。

這時她總算有了回應，「小時候窗戶沒關，螢火蟲都飛進來。」

「哦，那麼浪漫，現在有一隻螢火蟲多好。」

「你去關。」她低聲說。

我關上了窗戶，也拉下窗簾，留著天花板的大燈用來看她。

然而她卻已經溜進浴室裡了，傳來的水聲有點遲疑，淋了一陣突然變小，最後甚至關上了，這時她突然推出一個門縫抱怨著說：「租的時候沒注意，門是玻璃的呀。」

我也這才發現呢，便趁這個機會悄悄地看著那模糊的身體。隔著花霧的水漾中，她想要藏身的瓷磚牆面只有半截，於是那藏不住的側身自然露出了隱巧的曲線，她的腋彎、乳房以及陌生的肉體慢慢在霧中游移，像一片朦朧的夢境直撲而來，成了一副光裸的化身穿梭在我的惶恐中。

由於羞怯的緣故，後來我只好跟著她一起擁進棉被裡，反正農曆年才過不久，彷彿也是一種別具深意的圍爐。我們在爐子裡面纏綿，暗黑的被窩不斷升溫，兩具潮濕的肉體相互纏捲，直至為了換氣才張著嘴巴探出頭來。

這時我總算問起了那隻螢火蟲，就算牠飛進來，那又怎樣？

躲在棉被裡的秋子說：「當然想到火災呀。」

8

新家附近有間花店，秋子在那裡當助手，每天清晨負責開門，等待從市場趕過來的小貨車卸下一蓬蓬的切花。上班前我會繞到附近，看著她坐在矮凳上剪枝，她把去枝後的殘葉丟進竹簍，整理過的枝條擱在右手邊的花架，泥地上盡是澆灑的水跡，陽光初露時她的側影很像地上的花。

晴朗的下午她會坐在兒童公園的草坡上，那個角度剛好看得見我們公寓的屋頂露出林梢，我下班回來時她就站在那裡招手，像個小孩從斜坡蹦跳著跑下來，遊戲中的孩童彷彿都被她吸引，用一種鼓舞的眼光仰望著她。

夜裡我們還有很多說不完的話，且我早就習慣她在中途搶拍，等她說著說著終於嚥下口水的時候才搭腔，但通常這時她還是會把沒說完的補上來，兩個人很像剛在幾十年後的同學會中相逢，只是這位同學的記憶似乎特別好，很多有趣的童年往事都被她一個人說光了。

「有一次我跑很快，快到終點了，突然聽到同學喊加油。好奇怪，她們從來不幫我加油，所以我愣住了，忘了繼續跑，後來用走的。」

「妳那麼苗條應該很會跑……。」

「喔，你沒在聽，我是說走路回到終點啦，結果老師瞪著我，全班又笑又鼓掌。我只有美術拿過第一名，音樂課也是普通，考試緊張就會走音，唱到一半變成兩首。」

你幹嘛笑，這些都還沒說過呀……。

電視廣告結束後，她靜下來看她愛看的連續劇，我才開始整理隔天要給馬達老闆的資料。每晚十點，離睡覺時間雖然還很早，但我們習慣提前上床，畢竟有些瑣細話題還是說不完，兩隻夫妻鳥交頭接耳後總要飛來簷下，這時秋子的語聲轉為呢喃，換了睡衣後總算成為了一個女人，靜靜躺著聽我說話，因為專心而一直睜著眼睛，尤其當我說到未來的夢境時，她的酒渦會在微弱的光暈中偷偷地漾開。

於是有一次，我終於說到小時候養過一隻羊的故事。黑色的，頸部有一圈白灰，每天上學前牠會準時咩咩地等我餵草。後來有幾次牠卻不叫了，餵牠吃草也不太理睬。有一天我特別趕早起來看牠，才發現父親正在餵牠，一邊自言自語，一邊把草遞進欄圈，餵到快飽才把最後一點食量留給我。那天早上我不坐他的腳踏車，一路跑到學校，連續幾天都那樣，我甚至決定不想再看到他。

「秋子，那件事我一直悔恨到現在。」

「我猜猜看，你爸爸跟羊說了什麼？」

「妳不要告訴我。」

「嗯，說不定呢，他也叫我不能說。」

我們因而靜默下來，那天夜晚彷彿彼此都有哀傷的感應，她假裝睡著了，而我爬下床寫了兩頁的日記。我聽見她在被褥裡輕輕翻身，知道她其實還想說話，但她忍住了。她忽然也有噤聲的時刻了，我心裡不禁湧起一股受到理解的喜悅，並且暗暗決定以後再也不把憂鬱帶給她。

婚後我繼續效忠馬達老闆，他逐漸把一些私人事務丟給我，譬如送錢給一個暫不來往的情婦；深夜十二點的第一分鐘，把花送達某某大樓；還有，他看著棒球轉播時，我負責接待來訪的銀行員，在玄關旁的會客室裡蹺著腿和他們聊天。有時他熟識的土地掮客進來，我先讓對方站在玄關等待，然後回到電視螢幕前繼續高喊著紅不讓，陪他議論一下剛剛那個非常非常不應該留下來的殘局。

馬達老闆要我跟他出門時，我負責搭乘第二部的凱迪拉克，司機難得有了乘客可以聊天，一路傾訴著家裡那些叛逆期的孩子，一面顧著前方的車距，碰到青黃不接的燈號開始閃爍時，他便急著催油衝過路口，緊貼在首航車的後面，不致被人插隊而中斷了緊密的跟隨。

他按了一聲喇叭說：「我每天開著這部空車，遲早會瘋掉。」

「這樣多久了？」

「從他頭殼壞掉開始。」說完後，他自己笑了起來。

但這一刻是那麼難得，難得我忽然像個富豪坐在窗邊，可以優雅地打開遮簾，外面是無聲的人海，成群的摩托車如浪潮奔波來去。多麼難以想像，幾個小時前我還穿流在那片浪裡，戴著一頂桃紅色的安全帽，透明護罩下不斷蒸騰著霧一樣的汗光。

車後座的凱迪拉克有一股沁鼻的皮革香，我聞得出那味道中的深沉，那裡面混合著錢與權力的魅惑，特別有一種神祕氣息，讓人想聞卻又無法親近。路途如果還算漫長，我的腦海便又浮現出同老闆一樣年紀的父親——倘若他還在人世，斷不可能擁有這樣的視野，他只能每天騎著腳踏車去學校打雜，中午趕回來給車禍重創的母親餵飯，然後再度匆匆折返，剛好還趕得上校鐘最後的第三響。

一樣都是人，境遇如此天差地別。

我真希望前面這個老李慢慢開，開到明天甚至未來，讓我想像如果自己有能力買下整片天堂，如同夢幻中的這一部黑色旗艦，那我就能夠對著他們兩老招著手說：坐進來吧，我們遲早也能這樣……。

除了享受著一程又一程免費的凱迪拉克，馬達老闆也讓我見識到了今世官場的詭譎奧祕。我們來到市政單位時，建設局長親自接待，平常我拜託懇求都沒用的建管課長兩手貼在腿側，對於老闆的詢問不吝再三說明。後來他的痛風再犯時，換我自己一個人跑這些單位，那些人一看到我果然如同多年知交，早把一些待審的案件調出來攤在桌上。

任何難題都能一夕逆轉，我雀躍著跑回來，他卻不驚也不喜。

「人脈用錢買。」他淡淡地說。

我也因而常有機會陪他參加一些重要喪禮，他有一套喪禮專用的黑西裝，搭配一條鐵青色的領帶，十足像個黑道來到式場，一下子就凝住了四周的哀傷。這種場合他會臨時戴上太陽眼鏡，雖然眼中無淚，但是滿臉肅穆悲悽，致詞的時候用他粗沙低沉的嗓音表達同情，整個式場忽焉令人心碎，喪家哭到鞠躬回禮的那一瞬間依然泣不成聲。

他扮演這樣的角色可說苦人所苦，十足地推心置腹；然而換到另一個場境時，譬如看球，卻又甘願丟開一切瑣碎庶務，緊盯著他所期待的變化球從投手丘恍惚飄來，像風中的柳枝劃破天際萬籟的寂靜。這時我聽不見他的呼吸，要等到對手終於揮出空棒垂下頭來，一度凝止的氣息才會讓他回復生機。

「出門開三部車，一定很寂寞才這樣。」秋子說。

「我也不懂，有錢人都有奇怪的想法。」

「那我們不要有錢，寧願這樣就好。」

「不對，我們應該要趕快有錢，這樣才能了解他。」

我們半躺在床頭，對過去的牆面貼著一大張海報，那是一家建商的別墅產品，浩瀚的庭園彷如一片綠色江山，社區內的林蔭步道穿街繞巷，也有曲折的埤塘像音符般四處流淌。秋子和我有心說到無話時，兩人微瞇的眼睛就會一起停在那張海報上，直到模糊的睡意慢慢地淹上來。

那是個遙遠的幻境，幸好相當逼真，因為我們經常注視它。

9

我們差一點無法跨越的，黑色的一九九九年。

大地震深夜來襲，表面毫髮無傷的秋子，徹底被擊垮了。

地震來時毫無預警，一瞬間屋內牆壁上下震動，隨後扭起舞來，門窗玻璃應聲碎裂，床腳隨著地板隆起，頭頂上的燈罩直接摔落在棉被上。

聽說來自遙遠的山谷底層，像千萬隻沉睡的狂牛突然一起翻身。

我永遠記得那個黑色畫面，那時房間裡一直嗚著陌生又熟悉的聲音，原來那是秋子的戰慄，我看不見她，只聽見她的兩隻腳一直在原地蹦跳著，一步也走不出來。滿地都是破碎的玻璃，我忍著腳下不斷劃開的傷口，最後才摸索到她蹦蹦跳跳的那個角落，一拉住她的手就拚命往外逃。

我們飄蕩在黑色的迴旋梯裡，每個樓層不斷傳來尖叫聲，從梯間看到的巷區一片慘暗，遠處幾盞照明燈閃跳著要亮不亮的紅光，一直到終於跑出公寓底層，我還不知道秋子出了問題，只顧拉著她繼續跑，這時她還能說話，顛顛晃晃地問著我，「我們是在哪裡？」

「可以安心了，前面就是公園。」

公園裡面黑壓壓一片混亂的聲影，到處聽得到尋人的叫喊，小兒的哭聲一刻不停，沒多久強烈的餘震再度來襲，很多重物從看不見的高處墜落，街上開始響起一輛輛消防車呼嘯而過的聲音。

一度我還找不到秋子，她被奔走的人群擠出了外圍，後來才在曾經朝我招手的斜坡上找到她，兩手抱在膝蓋上不停地顫抖著。我們來不及攜帶毛毯，也沒想過生命中會有如此恐怖的瞬間，她的雙手冰冷，腳底也是，忙亂中兩隻拖鞋都不見了。

幾個小時後人群才逐漸稀散，有人惶惶然回到樓上，有人擠在路邊的車子裡取暖，另有一些人被陸續開來的車子接走了。這時天際微亮，秋子卻搖著頭不敢回家，兩隻眼睛顯得呆滯異常，只能空望著前方樓頂下的樹梢。

如果知道她已經出了事，我就不會顧著打電話——我一直聯絡不到馬達老闆，公司那邊也跟著斷訊了。趁著陽光逐漸透出雲層，我跑出公園買了一份早點，吩咐秋子坐在原地等我回來。

我趕到公司時，同事們已經陸續到位，只聽說一個女生家裡塌成了廢墟。馬達老闆正在集合發令，他分派每個人負責跑一個社區，要求看完現場立刻呈報，碰到住戶時不得發表個人意見，有嚴重的災情馬上回來說明。

我被指派一棟三百多戶的住商混合大樓，樓下還是一條熱鬧的商店街，光是樓上的住戶就有上千人。趕到那裡時，大樓明明就在前方，我反而突然煞住了腳步，只能躲在一排老樹的葉蔭中遲遲不敢張望。生與死的陰影果然還是長年來一直盤據在我的腦海裡。答案其實早就掛在天空下了，只要抬頭一看，這棟建築物的安危馬上可以揭曉，然而我卻瞇著眼睛如同瞎了一般。

因此，當我遲疑地瞇見它依然挺在陽光下時，那個剎那間竟然像個傻子般匆匆滾下了淚水。我趕回公司提報好消息，隨後總經理宣布了一份最新資訊，全台失蹤受傷人口不計，死亡通報超過了兩千，房屋倒塌數聽說已經破萬了，其他的災情還在陸續統計中。

馬達老闆聽完簡報，先是噤聲不語，後來似乎被他逮到了什麼契機，臉上突又露出劫後的狂喜，他估測各家銀行可能會突然凍結建築業的資金，很多公司將因此而被迫關門。他開始念出一些黑名單，其中有幾個都是強勁的對手，也有平常他最恨的仇敵，他要大家跟著喊口號，喊完後齊聲鼓掌，塵埃落定的空氣中響著他最後拔高的尾音，「我們——沒有倒。」

但是秋子倒下了。

我匆匆趕回那個兒童公園時，已經找不到她了，地上攤著她沒動過的豆漿燒餅，一個婦人看我跑來跑去，她說你是她的家人嗎，被送到醫院了。

我不在的那兩個小時，檢查報告說，秋子只因為失溫而陷入昏迷，其餘並沒有發現明顯的病徵。於是我直接帶她回家，開門一看，家已不像家，一些日用品四處塌在地上，只剩幾片牆壁還在，我們每晚看著的那張海報也鬆脫垂下來，隨著破窗的秋風微微地飄晃。

秋子辭去了花店的工作，每天上午坐在陽台曬太陽，午後的時間則屢屢陷入莫名的暈眩，再也無法走到公園等我下班。這還算好，一旦黑夜降臨，她的問題才逐一浮現，渾身忽冷忽熱，幾口飯勉強下肚，沒多久又全都吐光。

複診後的秋子，被醫生說成了什麼症候群，恐懼和孤單長期積累，遇到天災便一次爆發，沒有特效藥，只能依靠家人的協助慢慢走出來。何其無助的專業處方。走出來談何容易，人生最怕就是停在走不出來的關卡，走不到東邊竟也回不去西邊。我不知道秋子卡在哪裡，醫生問我平常她最害怕什麼、最喜愛的事物又是什麼，一時讓我支吾得語焉不詳。我愛的是她的可愛，只愛到一半就非常愛了，怎麼還有機會去探觸到她的心靈。

我只能不斷回想那漆黑的震晃之夜，秋子為什麼一直站在原地蹦跳著呢，那時我們兩人相距不過十尺，只要多走兩步就能緊緊抱住她，沒想到一時的黑暗竟也能夠恍如隔世那般。

但我願意幫她。我把家裡收拾得乾乾淨淨，親自填補牆壁的裂痕，到處搜來新穎的傢飾綴滿四周的蕭條，還把最後一筆錢花在可坐可臥的木地板上。

秋子喜歡直接躺在上面，深沉的木頭幽香使她不想起來，渙散的身心慢慢漾出一抹歡顏，她總算想要說說話了，一時說不出自己的記憶，便要我說些自己的趣事給她聽。

說故事當然可以，但我想破了頭，才知道自己是多麼無趣，一路走過的荒野都那麼貧瘠，可有什麼趣事好聽。我只好試著回想更早的童年，盡量避開她不宜聽到的悲傷，然而幾乎所有的往事都很悲傷。

「不然說說你最糗的事。」

「我以為父親是小學校長。」

「哇，他不是嗎？」

「等等，我想到了。」

我終於想到有個小小的悲傷勉強可以笑著說說看：我最驕傲的七歲，那時我們住在一間草茅房裡，村長免費借用的，平常用來堆放一些肥料和他的抽水機。在那個茅屋裡，我用煤球煮過冬至的湯圓，滿鍋圓滾滾的桃花紅和李花白，好不容易等到它們一顆顆滾出水面，兩手提鍋時卻不慎打翻了，湯圓掉了滿地，但是好吃極了，父親下工回來連吃三碗。我吃得比較慢，因為母親也要吃，我要把每個湯圓咬一半才能塞到她嘴裡。

「為什麼咬一半？」秋子說。

「嗯，我媽的嘴巴小嘛。」

總算被我逗笑了，卻笑得小心翼翼，撫著胸口把笑聲壓住了。

十月後的秋子漸有起色，但每晚的噩夢還是難免，醒來後急著穿上她的拖鞋，那凌晨一點四十七分的動盪一直還在腦海，看來真的是膽小得過度了。直到一次偶然的話題中，才讓我聽到了這樣的話：「小時候家裡火災，燒到橫梁掉下來，我本來還有姊姊，結果燒成一個黑枕頭。」

猛然間我才想起來，洞房那夜她沒頭沒腦地說著螢火蟲，本以為只是俏皮話般的嬌羞，原來那是一個不幸的連結，就像每晚掩藏在她乳房下的那個傷痕，原來都是有憑有據的，難怪看到窗子沒關就會恐懼，連一隻螢火蟲都讓她憂心。

我們兩個是怎麼了，聯繫著相似的命運才會結成夫妻嗎？

有一夜她哭著說，夢見了父母親被一堵牆壓在床下，村長派出兩隻怪手進行開挖，沒想到用力過猛，活生生截斷了一條腿、兩條腿……。當她描述著那樣的夢境時，窗外忽然下著這年秋天的第一陣雨，她伸著脖子仔細聽，看來好像聽見雨聲就清醒了過來，沒想到又跳進另一個畫面裡，彷彿在自己的夢中說起話來，「以前屋頂破了，雨水滴滴哆哆，整晚不敢睡。可是你知道嗎，離開家以後，現在好懷念下雨，雨天家人都在一起。」

「那就對了，我們現在也是這樣。」

「不一樣，你沒聽過真正的下雨。下雨的時候風在吹，竹林裡沙沙的，好像有人在炒豆子，炒得很小聲，但是我聽見了。」

「有空我會陪妳回去，把那些聲音帶回來。」

過了很久，秋子失望地說：「我知道你沒有時間。」

我被她說中了，一連兩個月，公司停掉了員工休假。冷颼颼的市場比冰天雪地還要慘，地震前的新訂戶要求退款，兩年前預訂的舊客戶遲不交屋，馬達老闆不得不向總公司調度，一天早上他父親終於親自現身，八十五歲的老人拄著一把憤怒的拐杖，一進門就把兒子訓斥得狼狽不堪。

馬達老闆後來急中生智，把我叫來攙扶老人家，「你跟老爺報告我們下個月已經有個應變方案，我等一下還有客人。」

「簡直不成材，我要取消那個球隊的贊助，以後別想跟我要錢。」

整個公司靜寂無聲，我陪著那把拐杖撐進電梯，一起上了頂樓花園。

我答應秋子的事一直沒有成行，每晚回到家只見她還在昏睡，桌上擺著簡單炊煮的飯菜，她自己一口都沒吃，電燈只開著一小盞，整個家屋就像外面的市場一樣，似乎全都冷掉了。

我坐在床邊看著她的臉，多日折騰後已經瘦出了骨形，想叫醒她卻怕騷擾到她睡夢中的自我療癒，只好守在一旁等待著。錯誤是我造成的。倘若地震當晚那個驚悚的瞬間，我有著從容鎮定的果決，那就應該把她披上棉被抱在床底下，而不是沒命地拖著她往外逃，以致她的魂魄一路掉在地上，拖到公園後當然只剩一具恍惚的軀體。房子後來並沒有倒，可見胡亂奔逃不一定正確，我從小學一路跑來這麼多年，原來還是跑錯了啊，秋子像是路邊一個無辜女孩，只是倒楣地被我一伸手拉了進來。

我們通常對於未來總是一無所知，直到事發後才說那是命運，然而在那當下，我卻扭轉著命運那樣地搏鬥著，不願相信剛開始的人生會是這麼慘白。我默默扒著冰冷的飯菜，不小心的眼淚還是滴在碗裡，兩人一起吃苦多少還有溫馨的餘味，獨自扒著飯只能面對著一盤辛酸，我邊吃邊等著秋子睜開眼睛，像個難民雖然躲過了饑荒，沒想到還是飄泊在黑暗的深海。

當然，從幾年後的角度回頭看，那時的境況算是值得欣慰的吧，她雖然病倒了，至少沒有離開我，我還能握著她的手等待她醒來。

我後來甚至突發奇想，想到也許有一種下雨的聲音可以救她，連續跑了幾家樂器行，最後總算稍稍得到了回應。那間樂器行附設音樂教室，一個女的正在練琴，我在她背後站了很久，等到一曲終了，我比畫給她看，說我要的是一種用來伴奏演唱的道具，握在手裡像根大骨頭，搖起來有一種淒淒切切的聲音。

「你要做什麼用？」

「下雨……。」

「下雨的時候搖？」

「不是，搖它的時候聽起來好像下雨。」

她在納悶中點著頭，「你說的是沙鈴。」

「裡面有沙嗎，可能就是吧。」

「可是我不覺得有下雨的聲音呀，好像沒有那種味道。」

她很熱心，翻著一本小冊子，打了三通電話，問不出更好的答案，於是繼續問我，「你自己看過它長什麼樣子嗎？」

我搖搖頭，「只知道它有一種沙沙的聲音。」

她開始露出一種「你到底想做什麼」的表情，但也沒有打算放棄，我想她下輩子一樣還是個好人。她皺著眉頭，把她眼中的沉思投在一張海報上，這時突然叫了起來，「你再等我一下，我想起來了，有一次我去參加竹樂器的演奏，好像看過那種東西……。」

她又開始打電話，這通電話說得很久，最後連嗓音也變得沙沙的了。

她把一個地址抄在紙條上，說是一家做竹樂器的工作室，他們研發這種東西純粹為了自己用，不見得願意賣給我。

「碰碰運氣也好，反正都問出來了。」她說。

我想也是。如果跪下來就買得到，我不認為那有什麼困難。走出店門口的時候，她掀開琴蓋坐下來，回頭補充說：那個東西叫做雨笙，也有人說是雨棍，我也是現在才知道……。

我按著地址找到那間工作室後，離開時已經很晚了。我把得來不易的雨棍藏在懷裡，一路上忍不住想要拿出來揣摩一番，它像小時候的竹製錢筒那麼長，斜掛在懷裡就像一把劍。不過這是一把溫暖的劍，那娃娃臉的竹藝老師當場示範給我看，從這邊倒過去，再從另一邊倒過來，聲音大小用手控制，搖擺的速度可以調整大雨或小雨。

「你就把它當作沙漏好了。」

「沒錯，沙沙的。」

「你太太一定很幸福。」她說。

我回到公寓樓下時，果然還是忍不住了，趁著昏暗的梯間無人，偷偷地掏出來握在手中，然後對著夜空又練習了一次……。

我悄悄換上了睡衣，躡著腳尖來到秋子沉睡的床頭，彷彿帶來一帖深山解藥，我想也只能這樣了，有點想哭卻又期待，橫著雨棍慢慢倒向另一頭，輕輕地搖，再輕輕轉回來，果然遙遠的雨聲飄到了她的耳邊。

沙沙的，好像有人在竹林裡炒豆子……。

這時她的眼睛果然跟著瞇開了，像黑夜裡終於亮起了星星。她伸手挽住我的袖子，把我當成了鞦韆拉過來，又推過去，大約是用力拉扯的關係吧，突然下著大雨了啊，一陣陣的雨聲隨風吹過了竹林……。

「你怎麼想到的，為什麼要對我這麼好？」

不就是一根長長的竹筒嗎？竹筒裡到底裝了什麼，只是一堆細沙嗎，只是一種縹緲的幻覺吧，但秋子卻真的醒來了，眼睛真的亮起來了，她隨即翻身爬起來偎在旁邊，臉頰的淚水一滴接著一滴流下來。

我們各自又試了一次，這回她用力了些，竹林裡的豆子翻騰著。

後來秋子整個人撲在我身上，她的身體已較往日癱軟，像是一種全身的覆蓋，胸口對著胸口，毛細孔對準了毛細孔；還有她的唇齒，說話非常遲緩而一直吹來她的呼吸，甜甜的，唾液都變溫了，宛如她私密的體內為我張開的一道熱泉。

房間裡面到處下著雨。

沙沙的……。

10

地震後的馬達老闆，顯然被市場的蕭瑟氛圍嚇壞了，每天硬撐著上班，有時穿來一雙大拖鞋，紅腫的趾頭延伸到腳踝泛著紫光。自從上次被他老父訓斥一頓，他開始親自接待每個來訪的銀行主管，笑談中節制著平常的氣燄，送客時不忘致贈每人一盒伴手禮，直到電梯關上還睜著他過度謙卑的眼睛。客人走後，他這才活過來，要我去打電話，不管打給誰，反正他要知道現在幾比幾，球賽結束了嗎，那左撇子有沒有出來救援？

市場萎縮大半年後，陸續傳來很多公司已經開始裁員，房屋倒塌的建商紛紛躲到美西、加拿大，還有案場的建商則每天苦惱著客人不上門，降價策略都沒用，高樓恐懼症還在到處蔓延，任何行銷包裝都像把錢丟到水裡。

這一天，馬達老闆把我叫進了一個小房間。

「你別小看這裡，普通人一輩子也進不來。」他說。

房間最多十坪，四周沒有窗，啟動中的抽風機像一群黑蚊聚集。

他說了幾個來過這裡的神祕貴賓，有的還在行政院，有的是監察院熱門人選，至少目前每個都是當紅的高官。

「雪茄象徵一種權威，我想也該讓你開開眼界了。」

密室裡有兩排酒櫃，旁邊是一座玻璃箱，看來像福利社賣著冰棒。

他把玻璃蓋推開，「最好的雪茄都在這裡，你隨便挑一支。」

我甚至沒有聞過雪茄味，除了嘸口水，不明白他為什麼要對我這樣。

「古巴的最貴，我看你就試這一支好了。」

他拿出半圓形的專用剪刀把頭剪開，啪嗒一聲按響了噴槍，兩支雪茄霎時燒出了彷彿這個世紀末的紅火。這段蕭條時日，他在家族兄弟中算是受盡奚落了，把另一支遞給我之後，他張開大嘴開始猛攻，那大砲一樣的古巴不斷冒出了憤怒的煙火。

「這種時機，躺著不做事就算贏。」他說。

「我已經弄好一個聯合銷售中心的構想，把餘屋全部結合起來促銷，正在接洽果菜市場旁邊的那塊空地，推出時每個案子一起打。」

「這他媽的好，我就知道你有在動腦筋。」

「董事長，你是不是還要交代我做什麼？」

「小子，你沒看到我在忙嗎，我正準備要灌你迷湯。」

他含著那支古巴說話，焦褐色的大砲塞滿了嘴巴，使得吐出來的每個字含糊又像傾訴，說到一半趕緊吸上一口，煙頭上的戰火這才又開始熾燒。原來他的兩隻手還在忙著，正把一瓶紅酒夾在膝蓋上旋轉，那個開瓶勾大概是插歪了，瓶塞碎出來的軟木屑掉滿了褲襠。

除了雪茄，我也不曾碰過一滴紅酒，自然幫不上他，只好一旁愣愣看著他的動作，注意著他的雪茄縫又蹦出什麼話頭。你陪我喝一點，操他媽。後面這一句非常清晰。

「我本來以為來了海嘯，不去衝浪就好，沒想到泡在沙灘上更危險。這樣好了，既然你有聯合促銷的構想，我也來加碼一個買就送專案，只要現在下訂，公司就幫他負擔前兩年的貸款利息。你看效果會怎樣，趕快把本錢抽回來就好，不然照目前這樣一直拖下去，我可能會死在這裡。」

「效果一定會有，但董事長真的要這樣做嗎？」

「我老爸會反對是不是，你要知道，房子賣不掉，他也會遭殃。」

他把自己的酒杯倒滿，三口就灌掉了，斟第二杯時朝我催促著。我捧起高腳杯才喝半口，一股醇厚的氣息已經沿著舌尖、味蕾衝上腦門，濃郁的酒香有著陽光曬過的味道，剎那間把嘴裡那股雪茄的餘韻收斂起來。

兩種珍品我都嘗到了，除了辛辣又香醇，想必還有我所不懂的祕密層次，尤其是雪茄，雖然體會不出它到底會有什麼象徵，但光是握在手上就覺得很有權威了，一把武士刀都沒有這麼威風。

「你看起來就是應該抽雪茄配紅酒的人，總有一天你會迷上它。我應該沒有看錯你，當初你來應徵的時候，眼神是那麼堅定，好像要來報名參加敢死隊，以前吃過很多苦喔，苦過頭了吧，沒關係，說不定就要出頭了。」

「我現在過得很好。」

「要不要更好？」

我不懂怎麼回答，很訝異他這樣問，心裡怦怦然沉醉起來。

「我像你這個年紀，已經混到美國了，念過五所大學，老婆還是美東最漂亮的校花。你可能不知道，我母親是三房，要不是這幾年大家開始爭財產，我才不回來。」

他又啜了一口，這回是他的古巴，吸得很深，火星像他泛紅的眼神，「你看外面現在，兩千年竟然這種鬼樣子，再這樣下去，那幾個兄弟就等著看笑話了。總經理是大房引進來的，財務長是二房那邊的近親，這樣你懂吧，周圍你所看到的，全都不是什麼好東西。」

他把煙噴掉，沉下來說：「你來當我的心腹，跟我離開這裡。」

我的雪茄早就熄火了，打開噴槍後，學他深吸一口，嘴唇微微地顫抖，這次聞到的香氣有點意外，香得非常深邃，彷彿穿進了內心深處的肺腑。

我期待他繼續說下去，說得越詳細一定更精采——他想帶我去哪裡，哪裡比這裡更好，我當然期待秋子和我有個比這裡更好的地方。

「先讓你知道，我想把總經理留下來善後，你跟我去台北。那裡有一大片山坡地的開發已經核准通過，既然地震後只有別墅吃香，那就好好抓住這個天賜良機。我們的祖產裡就這塊餅最大，流口水的人也特別多，你就跟在我旁邊，剛好可以幫我一起防小人。而且你也應該趁機會施展一番了，保證以後可以提早退休，一輩子都吃不完。」

喝酒對我來說最不擅長，沒多喝幾口，想要起身時已經微醺了。

離開那個神祕的房間時，馬達老闆問了一句話。

「你知道我為什麼挑上你嗎？」

茫茫然的我，聽見他在滿口煙霧中噴出了兩個字：真誠。

11

秋子回到花店上班了。

病後的她添了些許愁色，使得頸後徒長的髮尾飄著彷如小婦人的滄桑。本想建議她再去剪短，後來覺得這樣也好，一場病換來一個更成熟的秋子，我喜歡她有這樣的改變，說不定因為留了頭髮，臉上多出了幾分嫵媚，到時候我就不愛她的可愛了，愛她所有的一切那樣地愛著吧。

我經過花店時還是會偷偷吹起口哨，看她微笑著和客人一起挑花，幫情侶們搭配著滿天星環繞的玫瑰或百合，那清瘦的模樣讓我心疼，讓我覺得倘若以後她的病全都給我，我也不見得會比現在的自己還要難受。

這天晚上她難得想要出門，吃過飯後我提議先去看場電影，半路上她改變了主意，「逛街不花錢，好久沒有逛街了。」

也好，去哪裡都好，看電影雖然也很重要，但還有什麼抵得過她的歡心。逛街就逛街吧，喜歡什麼就買一點，活著不應該只為了不花錢才去逛街，有人是為了不生病而去逛醫院的嗎？

但我沒有說出來。百貨公司正在舉行週年慶，每個櫃位掛著打折酬賓的標語，我們搭電梯到最上層，再沿著電扶梯逐樓走下來。上次我沒有堅持那件短大衣早就有些懊悔，這回偷偷挑了兩條絲巾夾在腋下，也替她相中了一件套頭毛衣，只要她願意，花再多錢也要把她呵護起來。

等著櫃檯結帳時被她發現了，一件件全都拿去歸了位。

「如果一定要買，我們家缺一個水壺。」

果然她在家電櫃位上挑了一個，蘋果綠的琺瑯質，小得只能餵鳥喝水，細細的壺口像個不開心的嘴唇那樣地噘著。

「太小了，妳看它的嘴巴，好像喊著要加水。」

「你對我這麼好，我就幫忙加水嘛。」

我只能悶在心裡，她的節儉其實反射著我的無能，我無法理解女人竟然有她這等物質上的苦撐，她曾有一支粉桃色的口紅，用完就沒再買了，兩片嘴唇因為失去潤厚的光澤，像餓了三天那樣地蒼白著。

上週還氣著自己的病，說要趕快好起來，才不會把我拖垮。

隔天一個人跑到那公園草地上跳著繩子了，我從窗口看到的是一個小肩膀在那裡浮動著，黃昏的薄光映著那條晃來晃去的繩圈，像已經消失的遊戲突然跳出一種幻影，跳得那麼孤寂。

這時候的秋子逛不到一半就提議回家，只因為水壺已經買到了。

我的心事卻還卡在胸口，帶出門又帶了回來。本來想在路上全盤告訴她，讓她分享一個翻身機會所帶來的驚喜，卻又想到她的身況說好還沒完全好，受得住我將要離家北上的衝擊嗎？我更懊惱這種事忽然有點分不清，若純粹為了自己，不去台北也就罷了，卻明明是為了她才更不敢開口的啊。

我的毛病也許就是想太多，不像秋子有話藏不住，說得又快又急，一旦快樂的事越來越少，說完就沒了，後來幾天只好不停地重複著重複著。

如果她是幸福的，還要重複著那些早已冷卻的話題嗎？

當我還在推敲著如何告訴她時，其實已經來不及了。

我未免小看了那隻水壺。如我所說，我們對於未來總是一無所知，沒想到光是一隻小水壺就把所有的秩序顛覆掉了。那鳥喙般的小嘴其實含著一枚厄運來的，從我們家噴出第一道水煙時，冥冥中已經糊掉了我的人生。

第三章

如果沒有遇見我們，你還能看到誰

白琇小姐，事情的源頭大約就是這麼微小，若要把它歸類為愛情的變故，應該也是普通小人物才會放在心裡的愛情。一切事物的變遷如此巨大，竟然只因為秋子買了一個水壺回家。

我們高高興興抱著那個小水壺回家後，當晚果真泡起茶來，蘋果綠的細壺口，像噘起小嘴看著我們喝茶，我們根本不知道它除了噴出水煙，原來已經暗暗啟動了人生某段開關。白琇小姐妳就稱它為命運吧，很多人碰到這種難解的巨變都是這麼定義的。然而對我來說，還有什麼是不能理解的，說穿了就是因為一個水壺罷了。

我忍不住想要告訴妳的，那個水壺附贈的摸彩券抽中了單眼相機。

開獎那天並沒有任何預感，純粹只是個非常普通的星期假日，秋子想要慶祝馬達老闆對我的器重，我們在一家原味小館享受著美好的午餐。

「好奇怪，我們是在慶祝嗎？吃完飯，你是要離開我的呀。」

我的憂心其實也沒有說出來。秋子偶爾還會想起地震，有時一點雜音也會引來幻聽，更別說以後每天清晨直到夜晚，她的生活都要獨自摸索，這些心事雖然沒有掛在她臉上，但說話的聲調已經沒有那種雀躍般的尾音。

飯後我們經過那家百貨公司時，門口的小廣場集結著歡呼聲，人潮甚至溢到了行道樹下的花圃，擴音器正在喧嚷著中彩者的編號。就在那一瞬間，原本不帶任何意義的那個瞬間，秋子的名字突然被那支麥克風叫了出來。她緊抓住我的手不敢相信，直到廣播又確認了一次，她才往前擠進人圈，麥克風這時彷彿也找到她了，更加熱烈地狂叫著那個高檔的獎項。

秋子轉身望著我，然後在那些人群中跳了起來。

多麼詭異，白琇小姐，一個悲劇竟然是從喜悅中醞釀出來的。就因為買了水壺，然後有了這台相機，半年後我們突然踏上了去你們羅家的途中。

1

台北縣境，初春的晴空下，新店溪沿著山巒下的峽谷湍流旅行。

馬達家族二十年前持有的祖產地，坐望三個不同面向的山谷，東邊對著潺潺流水，往南直通懸崖下的谷地，轉個彎就看到了密密麻麻的大台北。土地開發許可通過後，這片土地算是擁有了難以想像的雛形：學校，市場，停車場，滯洪池，兒童公園，公共社區中心，還不包括計畫中的溫泉和一條商店街。

施工便道四處可以穿通，六台黃色挖土機遍布在低坡、高坎上，每天一貫的動作就是挖方與填土，偶爾剷起地底下一塊嶙峋大石，便又是一陣黃沙揚起，在轟隆隆巨響中漫向看不見的天際。

臨時會館搭在視野絕佳的一塊觀景岩磐上，樓下充當工務指揮所，二樓配置辦公區和一間簡報室。第二代的馬達家族攜著家眷到齊後，樓上的窗戶滿滿地溢出人影，出簷的平台上滾跳著孩子們追逐嬉戲的笑鬧聲。

我戴著夏天的帽子，來回穿梭在掛網修築中的邊坡，春天的矮灌木又青又翠，一叢叢的山芙蓉、野鴨椿植滿了坡坎，沿路的洩水坡道旁已經開著紅白交映的杜鵑花。遠處正在進行台灣欅木的全樹冠移植，吊車緩緩升空，高高懸起的鋼索稍稍震晃幾下，那些老樹便應聲抖下了落葉後的殘枝。

機具調度的聲響偶爾剛好停歇下來時，我才聽得見樓上拍桌咆哮的聲浪從窗口傳來。那些嬉戲的孩子被叫進去了，馬達家族有人關上了窗戶，那火爆的聲音便像一群人掩著嘴巴說話，所有的憤怒悶在裡面，直到吊車再度緩緩升空，挖土機砍起了另一坡的土塊，樓上那些聲音才被淹沒下來。

馬達第二代有八個兄弟，除了兩個醫生、一個科技業者，其他大都各自掌理過去以來的傳統本業。我的直屬老闆算是最年輕的輩分，大概因為來自三房的出身較為卑微，掌握集團裡的建築部門自然令人睡夢不安，難免在這龐大的開發案上處處成為眾家質詢的箭靶。

有一派人懷疑老八的能力，主張三十公頃的土地不如整批轉賣。

另有一派不忍祖產轉手他人，建議尋求上市的知名建商合作開發。

家族會議結束後，我的馬達老闆鐵青著臉走出來，他的身形高大黝黑，那張臉比實際年齡老樣，在八兄弟中像個命運多舛的敗將。他走上陡坡對著空谷撒了一泡尿，等著兄長們的車子陸續開走後，這才點起香煙深吸到肺裡，連著一股怨氣大口噴了出來。

他問我準備好了嗎，我說準備好了，球鞋已經換上了皮鞋。

司機開來了一部高輪的休旅車，我跟著他坐進了後廂，拖出椅子下的帆布袋讓他再瞧一眼，那些刺眼的東西都還乖乖躺在裡面，一張都沒少。馬達老闆幹這種事也許早就麻木了，對我來說卻是第一次，錢雖然那麼可愛，但太多錢放在一起反而讓我緊張，本來它是一切事物的通行證，這時候卻像一堆違禁品見不得光。

車子開到新店市區一間茶棧時，對方還沒來。我們分開兩桌，連各自點選的飲料都不同，我負責把帆布袋擠在自己的腳下，小口喝著滾燙的薑母茶，隨時注意著窗外的動靜，只要對方進來談妥了事情，馬達老闆會給我一個眼色，這時我就要跟著對方走出去，把整個袋子放進對方的行李箱。

那個人遲未出現的空檔，他望著空蕩蕩的門口，再也忍不住沉默，突然像個間諜用他寬厚的背部對我說：「他們光吵著要賣土地落袋為安，幹他娘，有想到我每天冒著風險幹這種事嗎？」

我還沒習慣說話時不看對方的臉，只好默默地又喝一口薑母茶。

「現在你總算明白了吧，我為什麼找你來台北？」

「真，誠。」我含著薑母茶告訴他。

十多分鐘後，那個人終於現身了，我盡量不看對方長相，只知道來人穿著風衣，像一片黑影竄了進來。真誠。我甚至特別仔細聽著店裡的江蕙唱歌，不希望他們一絲絲的竊竊私語飄進耳裡。江蕙唱完後，我開始想著秋子正在兒童公園曬太陽的樣子，或者她正在講電話，到處問朋友如何使用那一台忽然抽中了的單眼相機。

後來我總算把今天的任務完成了。我只聽說山坡地的水保出了問題，山陰面的擋土牆有些瑕疵，環境影響評估還在進行，雜項執照的取得還要拖上一段時間。其他的事我不想知道，譬如送錢，送給誰，哪一個關卡可以用錢打通，我不希望只是為了做這種事才來到台北。

但這時候的馬達老闆似乎樂壞了，顯然對方已經給了他滿意的答案。聯繫了兩通電話後，車子來到一家小型飯店門口，他把司機支開，帶著我搭電梯上樓。樓上的甬道旁有個小客廳，直接對著窗外正在降臨的黃昏，一個人都沒有，茶几上兩盞檯燈亮著分不出白天或夜晚的光。

「放輕鬆，我叫幾個來讓你選。」

我還沒聽懂他的意思，一個中年婦人已經走過來，後面跟著一排長長的大腿，每隻腿裸著白白的膝蓋，再溜上去簡直就是夢一樣的幻影，我的眼睛只好停在紅色地毯上，看著那幾隻紅紅白白的鞋子發呆。

婦人忙著和他搭訕，兩人熟稔得好似左右鄰居，她忽然湊上來咬耳朵，說完後唉呀一聲推開了他的肩膀。於是我的馬達老闆這時站起來了，他跨身摟住其中一個柳腰就往電梯走，回頭說：這幾個都不錯，你今天來對了。

後來我逃到樓下的大廳等他。我的心跳有點紊亂，可能是她們長得太過美豔，或只是因為我不曾這樣，急著想要適應的念頭大過了心裡的驚慌。但也可能是因為覺得這輩子不會做這種事，所以有點……有點不捨吧，我不明白這是什麼想法，但光是這樣就很刺激了。

我正在玩味著剛才那樣的夢幻時，沒想到那翹屁股的柳腰已經下樓了，她走到門口猶豫幾秒，突然朝我的沙發這邊走來，一屁股坐下，拿出袋子裡的東西塞進嘴裡。我瞧著電梯那邊的動靜，很訝異她突然坐在我旁邊，她把那包東西遞給我，「牛肉乾啦，我知道你在這裡等他，要不要吃幾塊，這樣才不會無聊。」

「他為什麼沒有和妳一起下來？」

「我不能說客人的壞話。」

「那……妳也要等他嗎？」

「為什麼要等？做太快了啦，我只好下來這裡等車。」

她的牛肉乾很辣，辣到了眼角，我嚼了兩下只好含在嘴裡。

2

秋子習慣把睡衣擱在伸手可及的床頭，方便自己隨時撩起一角掩在胸前，寧可褪盡她的一絲半縷，也不輕易露出左邊乳側的傷疤。如何想像一個女人成了妻子還這般堅持自身的潔淨，光看這微小的舉動大約就能明白。何況那個疤痕其實很小，不超過半個掌心，只是肌膚表層略有微凸的皺面，不像一般的胎記平整無缺。

不過就是心靈上的一塊皺褶罷了，每次看她這樣，就又想起這是她的愚蠢呢，或是因為愛我太深。於是抱著她的時候，總有著連她的傷痕也要緊緊抱住的想法，一直到她唔著悶聲喘不過氣來為止。對我而言，她的肉體並不只是女性的附屬，簡直就是我所對待的自己，兩者早就疊合為一，彼此不該還分彼此，中間已然沒有隱密的空間。

這種感覺也許她不能體會，或者她雖然知道，卻不願面對不完整的自己，才一直用她自認還算美好的部位和我交歡。

第一次從台北返家，那天晚上被她當成了初夜那樣地矜持著，果然那件睡衣更不能離身，加上房裡只亮著一盞暗暗的小燈，使得那小小的舊創更像一隻寂寞的眼睛被她蒙了起來。

但在偶然間，我還是看得見它的若有似無，無論她如何掩飾，總有翻身滾動的瞬間，那隻眼睛難免就會從睡衣下罹掙脫出來，帶著它多年來的憂愁，寂寞地對著我睜開。我尊重她卻又想要偷偷地看它，行進中便有著一心兩意的惆悵，一半對著秋子纏綿，一半對著它幽幽思念，宛如兩個秋子和我一起同歡，一個悄悄看著我，一個把我緊緊抱在懷中。

宛如痙攣起來的秋子，眼底飄著恍惚的霧白，再怎樣的矜持也有肉身迷離的時刻啊，當然就沒有什麼是她掩藏得住的了。薄細的衣縷下，久旱的小良田，多麼難得的春夜裡的秋子，她一直想要翻身起來把我馴服，卻被我不知何來的蠻勁完全覆蓋了。

半夜裡我們還起來泡茶，她細訴著七天以來的種種不安，除了上午可去的花店，午後她做了什麼，黃昏她做了什麼，漫長的夜晚她卻又什麼都不做地看著電視出神，假裝我在旁邊，直到終於在椅子裡慢慢睡著，半夜醒來後才回到房間等著天亮。

「那你呢，山上一定很好玩。」

「我看到竹子就想到妳說的孟宗筍，小心翻開葉子，仔細看著泥土上的紋路，說什麼筍子會在土壤裡面呼吸，我都聽不到，聽到的都是自己的。」

「笨蛋，我家那邊才有孟宗筍。」

「我看到很多尖尖的冒出頭，不知道那是筍子還是竹子。」

她又抬著手橫在臉上笑著了。除了竹子，還問起了山上碰到的新鮮事。

說到竹子她就笑了，整座山如何說得完。我把山坡地開發的繁瑣事務跳過不談，說的都是生氣蓬勃的綠化植栽，十年後那裡的楓樹就會伸展成林，滿山的杜鵑不分季節開花，而茄苳林很快就會掩蓋所有的山徑，走在夏天的樹下完全曬不到空中的烈陽。

「我睡在臨時會所裡面，前幾天又聽到他們為錢吵架。」

「原來他們也有煩惱。」

「還好啦，窮人還要吵架那才倒楣。」

「嗯，後來呢，他吵贏了嗎？」

後來，後來我說馬達老闆以前打過青棒，就算每次都是落後的一比七，但是要他徹底服輸也很難。至於後來的後來，就不能說了，一個女人坐在我旁邊，請我吃著黃昏的牛肉乾……。

「換我說了。」她說。

「妳最好說到天亮，我可以在車上睡到台北。」

於是秋子彷彿開啟了那台相機的入門之旅。她問過幾個玩過相機的人，也買了一本攝影指南，後來朋友建議她聽課比較快，昨天已經上過第一堂。

「而且是免費教學，每個星期一次。」

她去把相機捧出來，呵護著孩子般，還跟它說起話來。

「妳拍出作品了嗎？」

「還沒啦，我不敢，第一張會很醜。不過上課的時候我舉手了，我問說像我這種初學者，先拍人物還是風景啊。可惡，大家都在看我。」

「不看妳才怪。」

「你知道嗎，老師沒有回答，他也一直看著我。我真的很笨嗎？以前我端盤子的時候，明明為客人說菜，他們偏偏就是歪著臉，看我露出牙齒才高興。」

「生手都會緊張，妳慢慢來，反正都有第一次。」

「啊，老師說的跟你一樣，要我學會慢慢走路，才拍得出好作品。說得是沒錯啦，好像很有哲學味，可是也有坐火車拍照的呀。慢慢走……，嗯，我的缺點你都沒說，我是不是要改，走路要慢，說話也要慢……」

「妳看過麻雀突然慢半拍，飛得像老鷹嗎？」

可惡……。她聳聳肩，白了我一眼，卻把自己的臉逗紅了。

一個月後，她參加了一趟攝影小旅行。海濱濕地，小鎮古宅，還有老師家聽說獨一無二的大櫻花。一群學員擠在櫻花盛開的照片裡，秋子穿得單薄，這天應該很冷，她瑟縮在第二排的中間，看起來是那麼寒酸的孤單。

看完照片後，我說我們去買幾件衣服吧。

她說冬衣都要收起來了，天氣一點都不冷。

「你怎麼都沒反應，不想看看我的處女作嗎？」

「哇，沒想到妳真的出手了，上次還說怕醜。」

她一定很想知道我的評價，主動去把藏在抽屜的照片拿來了。我第一次看到的櫻花畢竟是屬於秋子的，自然充滿著驚喜，看得非常仔細，應該是吉野櫻的稀有品種，花瓣粉紅，花心暈著紅胭脂，像一樹櫻又像一樹桃。

但是，坦白說，照片裡的櫻花未免開得太過肥腫，顯然秋子當時侷促在人家的圍牆內，距離太近反而拍不到蒼勁的分枝，以致那些枝枒伸出了牆頭，明顯地消失在小小的邊界中。

3

全面動員的整地修坡後，崎嶇山頭已見平坦開闊的地貌，所有的雜木皆已剷除，深根性的原生喬木沿路錯落著，成排的大樹底下連結著植生綠帶，斜坡下的暗管也都接通了水泉，幾隻綠頭鴨穿游在水芙蓉環繞的埤塘中。

馬達老闆為了提高勝算，挑了幾家頗有代表性的銷售公司前來簡報，有的針對建築師的規劃進行市場評估，有的稍作修改後提出建言，更大膽的公司甚至建議把價碼翻倍抬高，每戶均價破億，因地貌關係而雄峙在崗磐上的樓王則號稱三億不賣。

馬達家族自從上回不歡而散，這次聽完眾家簡報後總算一片祥和，唯獨八十五歲的老爺當眾潑著冷水，幸好他特別專程前來，頗不認同代銷業者為了接案而哄抬價位。「時機還不對，你們多用一點腦筋，要賣得出去才是真正的價錢。」

家族老大說：「廣告都是他們花錢打，不會開自己玩笑吧？」

上回堅持賣地的老四說：「打七折還是比賣地好，我可以接受。」

外面旗海飄揚。上個月委託代理的公關公司早就出手了，幾家電視新聞頻道還偷渡了一個話題——我的馬達老闆穿著錄影前夕臨時添置的亞曼尼，雪白的立領繫著金鑽色的蝴蝶結，他站在趕工中的門廳大談著年輕時代的夢想：以前那麼拚命，就是為了有一天可以退隱山林，成功的企業家現在都有養生概念，每天都想往山裡走，但我覺得還不夠，應該住下來……。

聽說NG了六次，最後定拍時，祕書發現他的右嘴角還有檳榔渣。

春天過了，開發時程越來越緊，接下來的幾天，馬達家族又對銷售公司的遴選爭論不決，直到逐一淘汰後剩下兩家，一家人才又集合起來。為了避免重演三大房的豪門恩怨，遠從高雄一座大廟趕來的老六提議說：「乾脆祕密投票好了，這樣大家都可以閉嘴。」

「也好，不然舉手表決還是吵翻天。」不知老幾的兄長說。

交代樓下開始趕製投票籤筒時，他們才發現八兄弟恰恰是偶數票。

「這個家永遠多出一個人。」科技業的說。

有人瞪他一眼，再來就無人吭聲了，外面依舊飄著旗海，遠處聚著濃雲的天空逐漸黯淡下來。我把牆上的投影再放一遍。

甲公司歷年業績、去年業績、最新代表作、整體銷售率、市場評價。

乙公司歷年業績、去年業績、最新……

我照稿念到一半時，有個聲音突然岔進來指著我，「就是你啦，我剛好想到了，乾脆把你拉進來湊第九票。你們的意見怎麼樣？老八沒有功勞也有苦勞，我看大家就不要計較了，就算白白送他一票，也是給他一點動力。」

老八我的老闆，鼻子裡暗哼一聲，臉上不動聲色。我知道他屬意甲公司，對方喊價最高，光是第一期的總售價就平白加碼了五億元。

顯然這是一個大賭場，我第一次見識到財富與鈔票是多麼不同，原來財富是玩出來的，不像鈔票還要捻著手指慢慢數。我的背脊發涼，這第九票是那麼可怕，如果本來四比四，它剛好可以決定生死，這麼渺小的我忽然被迫任重道遠，簡直像一頂高帽把我罩住了爛瘡。

問題是我不喜歡甲公司，聽說他們擅長各種行銷遊戲，經常串連媒體翻雲覆雨，只要哄抬的機會到手，沒有一個客人買得到真正的底價。

投票就要開始了，我看見馬達老闆瞟我一眼。這兩天他沒睡好，痛風又來找上麻煩，中午還瘸著腿在那片斜坡路上慢慢拖行著。我應該幫他，對他真誠的時刻終於到了，何況他的眼神是那麼鎮定，看得出他對我非常放心，畢竟只要擁有了我這赤膽忠心的第九票，他所期待的馬上就會苦盡甘來。

真誠。我喜歡這兩個字，像愛一樣，看起來那麼純淨，不容一絲懷疑。我投下真誠的第九票時，外面已逐漸黃昏，鳥雀一波波飛來聒噪著。

開票結果出來了，竟然就是神奇的五比四，甲公司淘汰出局。

現場一片譁然，錯愕聲中卻也總算落定了塵埃。

七兄弟相繼開走自己的座車後，馬達老闆緩步撐到那塊岩角上撒尿，然而這次他停了很久，大概望著迷濛的遠山，從他背後看到的三七步就像一棵歪斜的小喬木那麼孤獨。

後來我跟著他來到山下的餐館，叫來一鍋羊肉爐吃起了晚餐，限量而且是最後一鍋了，老闆說明天換季後的食材已經沒有這一味。微悶的晚春，痛風使他不敢再瘋啤酒，他改喝一瓶五加皮，幾口之後太陽穴一片赭紅。我隨時戒備著他的質問，小口喝著碗裡的湯，只想著他要是發了火，那到底該怎麼回答。沒想到他吃得極為認真，大概意識到這真的是最後一鍋了，埋頭啃著同一塊帶骨的肉，這塊肉未免也太過雄厚了，滑到湯裡濺了出來。

一直到我把休旅車開進台北，他才打開手機，對方又是那個婦人。

「那個公園我知道，怎樣，來幾個？那我過去看看。」

繞了很久才出現的伊通公園，小小地飄著春天的夜雨，路燈有些慘淡，幾個女生偎在一個亭子裡躲雨。他要我停車，暫時不要開門，從車窗看出去的那幾張臉使他有點頹喪，「我女兒在美國念高中，就像她們這些年紀。」

他撥出手機開始罵人。不幹了，他說。

我們又從原路繞出來，車子開往吉林路，來到了他們家族的私人招待所。他說有點晚了，你要不要過一夜，明天一早再上山。

「我習慣睡在臨時會所，聽到鳥叫剛好同時醒過來。」

「也好，習慣就好，反正我知道你是一個怪人，不然剛才有一個很辣，光看她的大腿就知道裡面沒穿。你都沒有性欲嗎，這輩子要怎麼過，不要跟我說你離開老婆就像出家。」

「下次我想想看。」

「男人一起嫖妓才算交心。」

說完他就下車了。關於投票那件事，顯然他一直放在心裡，只是很意外他沒有說出來。回程中的山路無聲無影，到了山上更是靜得出奇，我給秋子打了電話，她說客廳現在插了很多花，都是店裡沒賣完的，玫瑰當然剩最多，沒想到還有兩三枝的木蓮，含苞的喔，紅色白色都有，我把它插在你的桌子上，聞得到嗎？騙你的啦，木蓮聞不出來……。

我聞到的是一陣陣的晚香玉，終於開花了，從會所後面的窗口飄進來，濃濃的脂粉味，刺入鼻心那麼香，好像整張臉埋進去了。車禍前的母親親手種過它，開花剪下來，隨處擱在瓶子裡，香味一直留在五歲那年的腦海……。

我並不那麼經常想起她，悲傷的時候盡量避免，快樂的時候更想把她忘了最好。只有面臨著空虛的處境，譬如現在突然飄來晚香玉的瞬間，那股空虛感才會穿過看不見的秋子，形成一種孤獨的漂浮，整個人慢慢墜入黑暗的世界，這時的腦海才會浮現她的臉，卻又不見得清晰，有時是車禍留下來的殘面，運氣好的時候才看得到她插著晚香玉的笑顏。

由於這樣的情緒，整個晚上便又難以入睡了，一個人彷彿躺著一座山，所有驚蟄過後的蟲唧、蛙鳴一起放聲撲來，一陣又一陣波動著晚香玉的周邊。

顯然投票那件事，我也一直放在心裡。

馬達老闆不問那張票投給誰，反而使我無法進入夢鄉。

4

以五票勝出的乙公司，第二天早上就來把銷售合約簽走了。

興建中的接待會館順便轉手賣給他們，進度上如虎添翼，銷售籌備期大幅超前，廣告鷹架沒幾天就在山頭山尾組立起來，臨時租來的兩部迎賓專車開始迴繞在山路上，連山腰處坐在茶亭歇腳的登山客也順便帶了上來。

如果沒有遇見我們，你還能看到誰

案前的引導廣告先行探路，包括CF影片、平面媒體和車廂帆布、沿路看板等等，集中火力主打著這一行字，充滿著誘惑卻又目中無人，有點非我莫屬那麼囂張。設局非常高妙，氣燄高人一等，一出手果然來勢洶洶。但是就我所學，雖然它可以擊中高端有錢人的寂寞要害，無形中說不定也會傷害到某些族群的低調情感。

那幾個字運用各式各樣的媒材包裝，有時黑底白字像機關槍嗟嗟嗟跳出電視螢幕，有時意外地出現在小面紙的隨身包上，更有一面遮天看板矗立在峽谷上方，每天總有幾隻學飛的雛鳥撞死在看板竹架下。

乙公司訂出了四十天的潛銷期，正式廣告還在醞釀，每天已有過路遊客陸續上來，現場一把把的大傘撐出下午茶時光，林子裡的茶屋瀰漫著五月的咖啡香，從五星級飯店請來的兼差師傅甚且提供桌邊服務，奶油蛋捲配一杯玫瑰茶，平底鍋不時油炸著山間自產的焦糖香蕉。

馬達老闆每天午後坐在一棵剛移植的苦楝樹下，他不能吃太甜的香蕉餅，只好專攻曼特寧一喝兩杯，無聊時就拿起望遠鏡搜索著接待會館的進度，有時還讓鏡頭隨著來客飄移，追蹤他們是否趕著下山，或者突然掏出錢來。

一個月後，他的望遠鏡開始對著雨後的天空，連飛機留下來的兩條白色煙雲也不放過。

他問我到底怎麼回事。「是不是連一戶都還沒成交？」

我請他不如把望遠鏡調轉到南邊的坡坎，他應該關心的是天空底下那一整排的擋土牆。上個月的梅雨已經沖垮過一次了，經過加勁處理後，鋼骨深達地底，組模加寬增厚，混凝土澆置了兩倍多，擋土牆柱硬是撐高了三米。緊急應變措施雖然做得不錯，但客人看到那麼高的擋土牆反而更怕，難免想像有一天它又會傾塌下來。

我建議他不如放棄南面的開發，這一座山才不會被它拖垮。

「你不知道它現在多堅固，十台卡車也撞不倒。」他說。

每晚我睡在臨時會所最清楚，從後窗望出去就是擋土牆上的順向坡，白天綠草如茵，沒想到那天半夜裡忽然傳來驚醒的鳥語，彷彿有人偷偷攀越樹林進來了。一串鳥鳴過後，接著一陣細細碎碎的耳語，好像一大群的小偷說著悄悄話，話剛說完，整片山頭如同一個大沙漏倒向斜坡，泥流帶著礫石滾滾而下，牢不可破的擋土牆應聲趴在黑色山洪中。

「聽說外面的同業開始攻擊了，說我們在複製林肯大郡的悲劇。」

「操他媽，去把那些人查出來。」

客人都走光了，他把望遠鏡調回他的天空，一隻鳥都沒有。

十天又過去了，正式廣告終於大幅開打，連續三天以跨頁的報紙猛攻，果真來了一堆避暑乘涼的散客。馬達老闆開始有些坐立不安，他躲到會館屋頂的小花園裡，兩個助理臨時從倉庫找來一把大陽傘撐開，把他焦慮的情緒罩在一片陰影裡。他特別叫住了其中的小婉，小婉妳說說看，現在樓下的客人多不多？小婉說很多。很多是多少，銷控台那邊有人在拍手嗎？

小婉搖搖頭，「報告董事長，我們也好想拍手喔。」

「那就趕快下去拍，妳叫他們把手拍斷了才來見我。」

山區提早入夜，黃昏裡的客人一個個散掉了，馬達老闆這時才回到樓下大廳，他背著手來回走，停在一個女業務面前，「告訴我今天的感想？」

「來客的層次好像不太對，不然我有信心。」

停在一個男業務面前，「不要說同樣的話。」

「客人嫌太貴，不想聽我介紹產品。」

停在專案經理面前時，多看了幾眼，忽然有點感傷，「我在你這個年紀就一個人跑到美國了，坐地鐵的時候，有個黑人拿刀抵著我，說了一堆溜口的黑話，反正就是要命給錢那種術語，結果我翻兩下就把他的手折斷了。你想不想知道，我怎麼辦到的。我身上就算有槍也來不及拔出來，又沒有學過功夫，坦白說怕得要死，但是我突然拚命一直笑，笑得眼淚都流出來，那個黑人以為被我抓到什麼弱點，愣在那裡，一分心就被我撂倒了。」

現場沒有人笑得出來。

「你現在這種失魂落魄的樣子，很像那個黑人。」

「報告董事長，我懂您的意思。」

「你們公司來做簡報的時候，氣勢多勇猛。回去跟你們老闆說，趕快調整策略，刀子要拿好，不要一下子掉在地上。」

突然冒出來的黑人把我唬住了，他說得那麼嚴肅，就像以前參加弔喪場面也是那樣地逼真。我覺得他比較像個浪人，天涯到處都曾經翻滾過，什麼話都說得出來，沒道理也能說得很有道理，只是他的內心一定有個神祕缺口吧，我不知道那是什麼，只知道那缺口如果填補起來那就再也不像他。

回家後我測試過地鐵裡的那個笑話，秋子竟然也是不笑的。

「那黑人好倒楣，到了醫院還在想，他到底笑什麼呀。」

連秋子也笑不出來的馬達老闆，一個多月後和銷售公司達成協議，所有的廣告暫停，兩名員工留下來善後，沿著坡坎的旗幟也撤走了，整個仲夏趴在烈陽下，來不及拆掉的看板竹架停滿了吱吱大叫的野鳥。

業務正式退場後，這天夜晚，他叫人下山買了酒，一個人躺在開闊處的草坡，我找到他時已經破了戒，啤酒一口氣喝掉三罐，棄而不顧的兩隻爛腳擱在那雙拖鞋上。天上閃著萬顆星星，可惜他一直閉著眼睛，手上的煙燼還留在指縫裡，可見已經躺了很久，動也不動了。他被這波連續掃蕩的廣告打敗了，敗得非常難看，七個兄弟每天輪派一個人上山打探，他刻意躲起來，一聲招呼也不打，對方帶回去的訊息想必是越來越難聽。

沒多久我也跟著喝下兩罐，星星太亮了，讓我忽然有些迷惘。我跟著他將近四年，此刻一起躺在新店溪不遠處的山丘，是要慶幸來到這片天地呢，還是應該趕快離開這個鬼地方。

沒想到這時他終於提起了那件事。

「你跑掉那一票，我知道是在提醒我。」

我怎麼回答？倒是有機會可以告訴他了，本來不是四比四嗎，可見至少還有四個兄弟默默支持他，為了替他省點力氣，他們才把票投給喊價較低的乙公司這一家。

他在混濁的酒意中打了一聲大嗝，突然提起一個人。

義大利的帕華洛帝。

「你有沒有聽過他最神奇的那種高音，連續的九個高音C。我每次去聽他的演唱會，最期待也最害怕的就是那一段，想聽又不敢聽，很怕他的氣拉不上去。帕華洛帝總是讓我很爽，因為他簡直幫我唱上去了，人生最遺憾的就是沒有完成最後那個高音。」

「我早就開始對自己感到遺憾了。」

「還沒說完，我要說的是他老爸。聽說他老爸也有一副好嗓子，可惜生性非常害羞，寧願躲在軍中負責烤麵包。聲音會遺傳，幸好烤麵包不會遺傳，不然你想想看，帕華洛帝如果不會唱歌，只會烤麵包，你看他站在義大利餐廳烤麵包那副德性，其實也滿像的，胖胖的，留著鬍子，看起來就是吃了太多賣不完的烤麵包。」

我想他喝醉了。

「你不覺得嗎，我很像帕華洛帝他老爸。」

「哪一點像？」

「你看不出我也一樣害羞嗎，別忘了我老娘只是第三房，那七個把我圍剿的時候，我根本不敢放屁，你看有多慘，我說不定天生注定要操他媽去烤麵包。」

「真的很可惜，當初他老爸為什麼沒有操他媽出來唱歌。」

他看我搭嘴，開心起來，撐起上身顛著說：「要不要一起下山？」

我搖搖頭，司機過來把他攙扶，被他推開了。

他從後車窗探出頭來，「現在碰到這種事，你幫我想想吧，不然接下來怎麼辦？一開始就破功，現在還能找誰來？你不是很有什麼創意嗎？起碼讓我知道你的創意是什麼屁，不然我跟你說，我把老婆丟在美國也很有創意。」

暗夜中我朝司機擺擺手，他卻又突然趴住車窗，叫我附耳過去，嘰哩呱啦吹來一陣熱風。我仔細聽著他又要說出什麼高音，卻因為他的嘴巴實在靠得太近了，耳朵裡竟然也是沙沙的。沒想到最後總算讓我聽出來了，聽到了一種忽然讓我狂喜起來的幻音。

5

回家後的凌晨時分，我總算把這件事告訴了秋子。

當我把馬達老闆的悄悄話重述一遍時，秋子的反應果然相當快，快而且明顯，完全能夠快樂地複製出我的心情。

「天啊，他要把一座山交給你。」

「嗯，他要我準備提案，整個家族都會來旁聽。」

「為什麼是你？」

「因為推案失敗了，他嘗到了苦果，想要聽聽我的看法。其實那裡的地形地貌我最清楚，更重要的是我完全投入，對那座山已經充滿了感情。」

秋子又把她的手抬起來了——然而這回卻是擦拭著她的眼淚，眼淚竟然滾滾地流下來，那麼激動得超出了我的想像，可見她再也不是以前的秋子，被人器重的丈夫忽然讓她心疼起來，這是因為我們經常短暫分開的緣故嗎，或者是因為我們的心靈本來就不曾分開。

然後我才提起了另外一件事。

「老闆還特別釋出善意，只要我的提案受到重視，他要在家族會議中爭取讓我入股，金額由我們決定，就像要不要翻身也由我們自己決定一樣。」

秋子止住了眼淚，用她的鼻音說：「可是，我們哪裡有錢？」

「我也知道，如果有錢就好了，就因為這樣，我才把這兩件事分開說。好了，這個就當作題外話，我們不參股也可以。現在換妳說了，妳要跟我說什麼，剛才開門的時候我就聞到了，妳有話想說就會有一股神祕的味道。」

她微微忍住笑意，眼珠子一轉，轉為一股竊喜抹上了眉梢，總算摸出了一疊照片來，說著別笑呀不能笑我呀，卻一張張翻到我面前，然後低著臉等待我的表情，非得聽到滿意的讚美不可似地。

她拍了桌上滿瓶子的玫瑰花，拍了鄰家小孩，拍了忙碌的花店，拍了無人的公園；鏡頭所到之處，恰恰都是我不在家的寂寞角落，看得出她並沒有因為一台相機而走出去，空有一個鏡頭，反而暴露出我們太過狹隘的生活。

當然，我應該說些好聽的話，她還等著，撐著下巴等到天亮也無所謂的那種神情。我說，嗯，妳的取角很棒，構圖真美，焦距那麼準確呀秋子，而且花苞的神韻妳都掌握到了……。

「笨蛋，我放幾張別人的在裡面啦。」

「真的看不出來是誰拍的，這就表示妳也進步了。」

可惡……。鍥而不捨的秋子，嘀咕著又翻出了幾張街景，應該是家裡的窗口往下拍的巷道，下了雨的夜晚，路邊的車頂映著滑亮的冷光。

因此，當她說出有人邀請我們明天上門去作客時，我馬上就同意了。

我和她一直都是封閉的，每個陌生之地對我們來說其實都很重要，如果不走出去，真不知道今後的人生究竟要如何啟程。何況我們的喜悅都是那麼飽滿，她找到了攝影的窗口，而我總算踏上一個充滿希望的山頭。多麼剛好，上天要來眷顧一個小家庭時，應該都不隨便的吧，通常會先試探他們有沒有幻想，然後才會慢慢實現他們的願望。

於是，我終於聽見了這個陌生的名字：羅毅明。

起初我還以為羅毅明是個景點，並不知道他是一個人，而且那麼重要。一個名字竟然影響我們一輩子，就像一道河流那麼輕易地淹沒了一滴水。

然而這樣的瞬間，我們怎麼知道未來會這樣？我們高興都來不及。一般的勵志文章談到機會時，鼓吹的不就是趕快抓住這種聖諭般的機會嗎？是的，走出去的機會來了，我們這次已經準備抓住它了。

「攝影課的老師就是他，上次我們拍了他家的櫻花。」

「我想起來了，妳還說他純粹是義務教學，這種人真難得。」

當然，從某個角度的攝影領域來看，羅毅明老師對秋子的初拍也許真的相當激賞。但我還是看得出來，秋子想要獲得他人讚美的心情，畢竟是從我身上激發出來的，倘若平常我對她的愛能夠兼顧到適度的讚美，或許她就不會急著要去尋找她的自信了。

於是第二天的上午，我便載著秋子出發了，而且我是快樂的，內心充滿著感恩與歡喜。有人邀請了秋子，當然勝過我空口說著多麼愛她，我甚至急著想要幫助她趕快抵達，摩托車一路奔馳在超速的風中，她緊抱著我的腰際，結婚四年後我們才有這麼一趟興奮的小旅行。

想像中的羅毅明老師，除了來自秋子拍過的那棵大櫻花，其他的枝節都靠她偶然提起，譬如他授課時的情景，停在她身上的那雙眼睛，或者他家合院式的古厝，還有那一道木頭搭接的穿廊。就我所想，羅毅明無非就是馬達老闆某個角度的倒影：有錢，大院寬闊，過著安逸舒適的生活。我們夫妻究竟怎麼了，從來沒有主動去追求什麼，內心深處卻各自擁有一個聖像似地，難道這也是因為我們的貧賤所造成的嗎？

因而當我走進羅家大門時，坦白說，沒有一絲妒意是騙人的，何況那裡果真是那麼如我想像的美好，我不相信這個小鎮還有足堪媲美的房子，或者今後的此生還看得到更為尊貴的宅邸。幸好主人是那麼謙遜，不像馬達老闆出門還要兩部空車隨行，他的崇高使我自覺渺小，使我不禁又木訥起來，心裡一直困惑著是要尊稱他羅老師呢，還是羅經理，還是聽起來比較神祕而廣義的羅先生……。

他親切地和我握手，指腹扎實有勁，且有一股溫暖的感覺穿透掌心。他領著我們進屋時，七月的廳間竟然有點寒涼，一陣檀香撲來，遠處一扇白色紙窗映著外面那些灌木的影樣。房子似乎過大了，原木構造的空間高高舉起，說話的聲音便有一半飄上屋脊，彷彿上面有人想聽，把一些尾音全都吸了上去。

我相當好奇這麼大的宅邸住了幾個人，為什麼看不到其他人影，難道他也和我一樣，獨自睡在臨時會所裡那樣地孤寂嗎？

他安排我們坐上古雅的廳間，又從內屋親自沏茶出來。寒暄一陣後，秋子總算取出了昨晚給我看過的那些作品，我忽然感到非常不安，趕緊轉頭看著屋內屋外的動靜。其實我卻是豎起耳朵聽著的，很怕聽到秋子受到負面的批評，倘若有人過度直言對她的嫌棄，無疑也是傷害了我自己。我知道這種脆弱的情感有些丟臉，但我就是無法忍受任何人輕視她。

幸好他沒有，他的微笑含有讚賞的味道，我知道那雖然不一定真實，卻看得出他在專業的權威中還保有一分善良的熱情。

直到她和老師開始熱絡討論起來，我才放下心中的不安。

後來的幾個月，幾乎也是忙著山坡地提案的準備期間，我又帶著秋子去過羅家好幾次，每次的話題大多是相關的攝影，我覺得這樣很好，大家越來越熟悉，我也可以帶著企劃案的構想優游在自己的腦海裡。

當然，在場的我們都疏忽了一件事。

當時還是小姑娘的白琇小姐——覺察到了什麼，她為什麼想要偷聽？

啊，白琇小姐——就在我們閒聊著或者不閒聊的時刻，妳光著腳悄悄走下來，然後又匆匆蹦上了樓梯，像一雙貓爪，在多年以後撩起了這些黑暗的舊傷。

6

家裡的牆角突然出現了一堆紅皮地瓜。秋子等我回家後，把一個紅泥小爐擺上桌，燒紅了龍眼炭，小公寓裡慢慢飄出了烤地瓜的土香。

可是她做著這件事的時候，一直沒有說話，使得那股懷念的氣味香得有點徒然。我最擔心的就是這樣的秋子，她的快樂或悲傷都很容易辨識，唯獨那兩片嘴唇如果忽然靜默下來，那就更不尋常，就像爐子明明擺在眼前，她卻讓那些地瓜烤焦了。

幸好她的沉默不可能持久，憋太久就會混淆了臉上的白，很快形成一種紅白相間的氣色，而她最不喜歡這樣；以前她自己說過，只要生氣不講話的時候，別人都還以為她在害羞。

果然自己開口了，說她回了娘家，路過竹山才順道買了地瓜回來。「家裡都沒有人，我爸替人顧田，媽媽在茶廠做萎凋，等到炒菁回來天已黑了。我就知道不該回去，媽媽看到我還嚇一跳，妳怎麼回來了，發生什麼事，我煮麵線給妳吃，吃完妳趕快回家。可惡，把我當成鬼。」

「對啊，我也想知道妳為什麼突然要回去？」

她看我一眼，別開臉，眨著眨著，趴在桌上紅起了眼眶。

「其實最可惡的是我，竟然問筍價好不好，我媽聽了也很奇怪。後來弟弟回來了，退伍後他做人家的工，手上還包著紗布呢，我要離開時，他陪我走到站牌，說姊姊妳不要擔心，下個月我升師傅了，筍子賣的錢都給妳。」

「原來妳是回娘家借錢。」

「因為我也問過別人，聽到借錢大家都喊窮。」

「那件事早就過去了。」我淡淡地說。

結婚那天的海產店，五個人默默吃著半桌菜的晚餐，那時的我多麼激動，還說要對秋子多好，現在回想起來只剩一股難堪的辛酸。我給她太大的壓力了，那天不該把投資入股的事拿出來談，明明自己做不到，隨口一說竟然被她放在心裡那麼久。

很有可能我的失落感一直掛在臉上，秋子看在眼裡，才會有這麼愚蠢的承擔。這時才發覺最近幾個月，我在她面前變得少話了，花心思準備提案或是一個理由，其實還有個鬼魅般的影像正在把我啃噬著吧，每次從羅家大房子出來時都有一股惆悵，就像以前騎著摩托車跟在馬達老闆後面，同樣都有那種悲涼難解的莫名情懷。

我當然知道那是什麼，那是象徵榮耀的權柄還在迷惑著我，可悲的是我也不想擺脫它，於是它就一路纏著鬼眼睛。我想擺脫的反倒是另一個人，也就是一直困頓著我的父親，難得我已從那個悲劇中爬過來，想要撤退得更遠，遠到足以完全忘記他，卻沒想到有時竟又回到原點，就像羅毅明或者馬達老闆時時讓我自覺到的寒微那樣。

烤地瓜的爐子後面插著一瓶野薑花。

我吃了兩條烤地瓜，焦皮沒有剝掉，苦苦的滿嘴的炭香。我和父親曾在鄰家的田裡炕過窯，他四處撿稻稈，我負責疊土塊，搭好土窯後扔進一把火，等到窯裡的土塊燒旺了便又搗破它，地瓜燜在裡面，這時父親才點起香煙，和我坐在田埂上開始等待。在他有限的生命中，我只記得那個畫面最美，那是農家秋收後一個微涼的黃昏，距他走進那個深潭還不到半年。

我沒有說過烤地瓜的往事，畢竟它含有悲傷的結尾。當然，我也可以試著說說看，只要去掉結尾就好，人生每件事倘若都沒有結尾就好了，沒有結尾的故事就像歡樂的翅膀停在空中，永遠都不會掉下來。

秋子聽我說過冬至那天煮湯圓的往事，那個結尾就是被我刪掉了，才會只有滿地的湯圓留在她的腦海中。那多好玩，從地上夾起來邊吃邊笑著呢，難怪她急著問我為什麼要先把湯圓咬一半，根本不知道我的母親重殘。

因此，烤著地瓜的這一刻，我也這麼說了，我說秋子，我喜歡地瓜烤得焦焦的，因為沒烤焦就不像烤地瓜，要焦黑得像土窯裡的灰燼那樣才夠味。那天我們挖開了土窯，父子倆一直扒著灰，扒到滿臉只剩下白牙齒露出來，妳想想，這樣烤出來的地瓜多刺激，不然還像吃地瓜嗎？

這一次，秋子倒是沒有問我：後來呢？

我身上任何的往事，好像都不適合從頭談到後來。我和父親離開稻田的時候，天已經暗了，母親正等著我們回家開燈。所謂的後來，後來的天空當然全都黑掉了，黑得一望無際呢，永遠地淹沒著我的腦海。

7

曙光下的東北角，整片坡丘因著開闊地形的舒展，土表上親潤著一夜露水後的寧靜與沁涼，這時鳥禽還沒飛翔，蝴蝶蜻蜓停在樹上，沿著坡彎砌築的石頭卻一顆顆飽含了水氣，它們都是剛從地底下挖出不久，彷彿亟欲伸展堅硬的形體，悄悄剝落了裹在身上的殘泥，鐵鏽色的鑿面微亮著昨夜的秋霜。

從這個角度看到的台北，依然還在盆地中沉睡著。

我回頭看到的南埕依然躺在順向坡下，這塊經過強力開挖、從岩壁硬鑿出來的平地相當可觀，重做的擋土牆高過林梢，不久將呈現一棟棟獨立的家屋在這裡與天爭地，把未來命運交給大大小小的風雨。

我逐一記錄作為提案簡報之用，順便檢視疊石間的孔洞，查看各處的洩水通路，也把每個局部的掛網拍攝下來。當然，無論多麼用心追蹤這些動靜，肉眼的觀察都只是例行紀錄，暴雨一來也許這些表面又將付諸流水。多日來我的顧慮顯然還是難以排除，只好趁著提案前繼續纏上馬達老闆。

「我們留住南邊不要開發，這座山的生命就會更完整。」

「就算我同意，前面還有七張大嘴巴。」

「上次你也說過，要把最後的高音唱出來。」

「你何不先告訴我怎麼唱，你有好點子，我才跟他們商量。」

但是據我所知，隔天他還是忍不住了，打電話一個個協商，那七張嘴巴果然雄辯滔滔，有幾通甚至傳來嘶喊，他只好摀著耳朵光說不聽，說到最後雙方好像當空幹起架來。

後來他鐵青著一張臉，叫人去傳話，要求大家當面解決，他願意賭上一把，如果新的提案通不過，他也只好丟下不管，以後任由整座山繼續趴荒。

雙方的傳話一陣你來我往後，提案時間總算敲定了十天後的下午。

這天午時剛過的山路，一部部進口車陸續開了上來，七家兄弟幾乎各自獨行，看不到有人過來寒暄搭肩，氣氛頗像一場即將展開的武林對決。馬達老闆和我坐在屋頂上吃著便當，他頻頻朝著坡下望著，最後擱下筷子說：「你看這個肥嘟嘟的，做廟公還能趕過來聽簡報，虧他每天拜得那麼虔誠，最不怕坍方的也是他。其他這幾個也沒什麼好說的，愛拚才會贏，兄弟團結一條心，鬼扯淡，都是一心一意要來挖這座寶山。」

然後催促著說：「來者不善，你怎麼還有心情這樣慢慢吃，快把東西整理好，別說簡報進行不到一半，這些傢伙都跑光了。」

「我會盡量不連累到你。」我說。

「都準備好了？」

「行李也準備好了。」我大笑兩聲回答他。

提案：滯洪池的故事。

構想：一座感人的山。

訴求：非富豪，社會理想，企業良心。

規劃：縮小面積，放大機會，迎向希望。

我走到台前，敬禮致意，面朝牆上的投影，默讀了二十秒，然後招呼大家好。我畢竟不太熟悉他們這些親人，除了廟公老六，其他都是有名有望的社會賢達，我只好介紹自己，報出姓名，來這裡多久，為什麼站在這裡。

我先提起三個月前失敗的推案。嗯，推案其實不算失敗，只是太過匆忙，我們忽略了一件事，忘了給這座山一個獨特的生命，一個該有的名字，一個未來的夢想。我們曾經以為只有豪宅能夠豐富一座山，上次的經驗卻已經印證過了，能夠豐富一座山的，只有山它自己的生命。就如同我們的社會，能帶給社會希望的，絕對不是有錢人，而是追求希望的人……。

不用說教。廟公老六說。

說得好，我最不喜歡說教了。我瞥過他頭上的光圈，開始在牆上打出了彩色照片，一連五張，都是幾天前趁著短暫的晨光拍下來的滯洪池，籃球場大的池子注滿了夏日的雨水，整個池面映著邊坡上的草綠，水中央還凝聚著一朵朵輕飄飄的雲影。

我說，我要向各位報告的就是這些滯洪池，平常我們不太重視它，當初的留設也只是為了配合法規，作為整座山區的疏水和排洪之用。但很抱歉，我今天提案的重點就是這個，我想要讓這五個滯洪池連成一個故事。

我擔心他們不耐煩，因此跟著字幕念了起來：

這個故事的主角是一個老人。

第一個滯洪池，假設邊坡上有一條船，我讓他坐在船上釣魚。

第二個滯洪池，他終於釣上魚，卻超出他的能力，是一條超大的魚。

第三個滯洪池，大魚頑抗，老人受到嚴重的撕裂傷趴倒在船上。

第四個滯洪池，幾天幾夜後，大魚浮出水面，老人已經筋疲力竭。

第五個滯洪池，船上躺著魚頭魚尾相連的空骨架，老人的小船回港。

台下總算有人提出了質疑，我知道這是好的開始。

「你編的故事嗎，這要做什麼？」

「海明威的小說《老人與海》，我剛好把它分成五個情節。」

一個轉頭說：「聽他說說看，反正都來了。」

於是我正色說了起來：「難得這座山有五個滯洪池，我們不妨想像它們每個都是一座湖，也可以看作我們人生中的一片海洋。為了給這座山創造一個美好的話題，我本來只想運用海明威的小說來激勵下一代，讓這裡成為戶外教學的最佳景點，每天有來自四面八方的老師帶著學生、大人帶著小孩，他們從這些露天雕塑的畫面來解讀老人與大海搏鬥的意義。但後來我又發現，這樣的功能不算廣義，故事的精神還可以繼續延伸，應該說，每個人都有可能是這個故事的導覽者，男人看到了身為男人的搏鬥，年輕人從這種搏鬥中找到自己的潛能，任何人都可以各自解說這個場域，哪怕是一個失敗者，也可以從這個老人身上，重新體會生命中的無限可能。」

「最後他還是失敗了，只拖著一條魚骨架回來。」一個說。

「我想也是這樣，但不見得就是這樣。他的腳抽筋，手掌不聽使喚，肩膀撕裂潰爛，而且還開始吐血，只要他把肩膀上的釣繩切斷，空手回來還是可以活得好好的。我想，一個人最重要的價值也在這裡，那條馬林魚——對不起，我忘了介紹牠，那條馬林魚的頑強明明超過老人的負荷，他卻還是要在失敗的搏鬥中戰勝他自己，所以海明威才說了那一句名言：人可以被摧毀，但不能被打敗。」

又有人岔進來，「就算這有什麼鬼價值，那跟推案有什麼關係。」

「如果要給這座山建立一個識別系統，我覺得這是一個機會。我們的社會價值早就非常混亂，談到山中別墅總不忘強調富豪的高貴，偏偏大多數有錢人所展現出來的，往往就是社會的無情。我們現在何不把這個機會讓出來，縮小豪宅的面積，反而可以帶給更多人希望。只要更多人產生共鳴，以後每個地方就會有人跟著學習，這樣的話，我們的小孩才敢長大，年輕人才敢期待未來。如果以後到處充滿機會，那麼到處就會充滿希望，就像那個老人說過的一句話：如果有個地方在賣運氣，我很願意買些運氣來。」

「那就是說，你是建議要把別墅便宜賣囉。」

「當然還要精算，不過因為不再強調豪宅，可以省下很多資源成本，售價本身就能出現一種可愛的親切感，加上本來就規畫有學校、市場、公園和商店街，我相信這種山家小鎮一定會感動人，我想要表達的也就是這種價值，我們可以用這種價值來豐富一座山的生命。」

一陣錯愕過後，他們開始交頭接耳，兄弟們彷彿找回了親情。

唯獨老八我的老闆，我看見他面露凝色，抱著胸口靠在他的椅背上。我想他或許正在思考，以致來不及展現他的歡顏。我不知道他是否知道，我絞盡腦汁想出來的這些，無非就是那天晚上的啤酒喝出來的靈感，我想要幫他滋潤一下那個困頓的喉嚨，讓他終於如願地唱出那種類似的高音C。如果提案失敗，我相信這座山也許將會如他所言，從此陷入遙遙無期的蔓草荒煙，而他也注定要在這些兄弟中更加抬不起頭來，到時無論他想要再胡謅什麼高調，恐怕連一個最低音都會哽咽在他的喉間。

真誠。我還是非常喜歡這兩個字，和愛一樣。

當然，我的真誠裡畢竟摻有心靈深處某個正在跳動的音符。我也對自己真誠，也對秋子。有時我也想起躺在忠孝東路上的那些背影。有時也想起母親。只有在無法迴避的時刻我才想起父親，畢竟我雖然虧欠他但也非常恨他。沒有人知道我為什麼想起海明威，我也不是因為喜歡悲劇才閱讀《老人與海》，總有一條線相連在我和那個老人之間，而這種情感畢竟是我的父親無法帶給我的。

簡報因為他們私下的議論而暫且休止。我卻發現馬達老闆還是緘默著，我猜他是懼怕，他常因為缺乏自信而陷入莫名的沉思，在這頗適合和兄長們交談的時刻，他似乎怯場了，那心靈黑暗處的屬於三房的卑微，使他面對著熱絡氣氛反而目瞪口呆。

現場慢慢靜下來時，馬達家族的老大領頭說：「我們剛剛初步討論，你這個提案還不錯，現在這個消費時代流行說故事，你說了一個很好的故事，但也不能離譜，理想歸理想，將本求利是應該要的。」

「我知道，如果適度的增加戶數，又不超出當初申請開發的審查，我大略統計過銷售金額，合理的利潤應該沒有問題。」

「老八你也說說看，這樣可行嗎？」

「你們滿意就好。」

廟公相當清醒，接著問我說：「憑什麼要我們相信這是對的？」

「只要不讓別家建商進來糟蹋這一座山，我們就成功一半。」

「原來的案名要不要繼續用？」

「一定要改。」

「怎麼改？」

我深吸一口氣告訴他，案名就叫：老人與海。

8

兩天後的下午，山上來了一個藝術家，幾個人陪他沿著坡道穿越樹林，把那五個滯洪池不同角度的風貌全都拍攝下來。他是老五邀請來的。科技電子業的老五，簡報那天什麼話都沒說，現在卻直接把人帶來現場會勘，還針對釣魚老人的造型探問著用雕塑呈現的可能性。

老五和其他兄弟一樣，也和老八少有往來，過去我曾匆匆瞥過幾眼，卻都是劍拔弩張的場面，這回難得一起隨著相機慢慢走，總算和我聊了起來，「你的提案我想了一晚，說實在，從現代科技的潮流來看，你的構想絕對是傳統落伍的，不過卻很溫馨，難得想要把文學帶入建築，而且還能鼓舞很多人，應該是個很棒的賣點。但也不要高興太早，有幾個還是反對的。」

馬達老闆稍遠地跟在後面，親兄弟在場時，他總把自己埋在香煙猛攻的白霧裡，沉悶的時間越久，想也知道人群走了以後他的獨白就會更多。

交換了幾種關於雕塑材質的意見後，他們準備下山了，我拿出兩本《老人與海》放進老五的車子裡，他探頭出來說：「不應該過五十歲才看這本書，不過我真的會再看一遍。」

好了。不愧是自大又卑微的老八，他偏著臉不願送客，瞰著我爬上山坡時，才對著那即將消失的車尾說：「他剛才放什麼屁？」

「提醒我別高興太早。」

「嗯，至少他贊成，當兵前我和他打過架，看來心裡已經沒有傷。」

他看看錶，拉緊了風衣，要我跟他一起下山。

「羊肉爐應該開賣了吧，這種天氣……。」

我們其實還在等待更進一步的訊息。那天提案結束，七個兄弟除了面面相覷，氣氛倒是意外平和，確實留下了令人雀躍的想像空間。但他還是有些焦慮，路上打了幾通電話到總公司，沒有直說要找誰，只等著主管們一個個輪流來聽，詢問的話題天南地北，就是探不到那七個兄長的蛛絲馬跡，最後他只好把手機掛斷了。

這時我又有預感了，他焦慮起來鐵定要我跟去那種地方。

「吃完羊肉爐，是不是還要去伊通公園？」

「做那種事，不見得要找老地方。」

山下不再那麼冷了，寂悄的路口卻有十二月的風，我們只好就著羊肉店落地帆布的擋風處坐下來。酒來了，他兩腳一跨，馬上灌了半杯，這麼隨性的樣子實在讓我羨慕，做什麼都不掩飾，粗率得不像一個我會跟隨的人。沒想到這樣的日子也習慣下來了，若不是他有天生這副草莽，今天的我也許更拘謹吧，只能唯唯諾諾地站在別人面前。那麼，我應該算是相當幸運的了，可惜還學不到他的坦率。

「快喝酒啊，你又想到哪裡？」

「我想到的是難得釣上了馬林魚，後來卻又被鯊魚吃掉，海明威大概先設定牠會被鯊魚吃掉，才決定要寫《老人與海》，總是要等到悲劇發生，人的價值才會浮現出來，其實我不喜歡人生只有這種價值。」

「嗯，坦白說，你那天作簡報，我在旁邊一直冒冷汗，我那一家人三教九流，幾個聽得懂海明威。看到他們突然那麼認真聽，裝得好像很有學問，當然把我嚇傻了，還以為是在演戲咧，看起來現在他們好像已經入戲了。不妨你也說來聽聽，只要讓我搞懂你究竟是怎麼想的，就算跟他們撕破臉，我也會幫你闖關。」

我說出了心底話，談起退伍那年遇到的無殼蝸牛運動。「那些人現在應該都比我老了，但他們的孩子也跟著長大，又變成新一代的無殼蝸牛。」

「這跟釣魚的老人扯上什麼？」

「我們都是未來的老人，那時體力衰退了，才要開始尋找人生價值嗎？不如現在就來創造另一種價值，想辦法對人好，想辦法對社會好，不要老是標榜什麼豪宅，有錢人從社會上已經撈到太多了，何必再迎合他們的胃口。」

「你去當總統算了。」

「我把這一件事做成功，比你們賺到大錢還快樂。」

「嘿，你今天話多囉，不過最好每天都這樣，多講一些內心話才會快活。別以為我看不出來，你這些靈感應該都是有憑有據的，雖然不知道你小時候是多苦，不過你請假準備結婚那天我就看出來了，別人結婚活跳跳，你看起來好像天要塌下來，連結個婚也那麼苦悶。」

「我自己發過誓，這輩子隨時要給秋子帶來一個又一個驚喜。」

「驚喜，是怎樣才會驚喜？」

「你沒辦法體會，小到不能再小也有驚喜。」

「不要把我考倒了，你比喻看看，他媽的多小？」

「小人物才有。」

為了就此打住，我把一塊羊肉塞進嘴裡，塞得太滿了，瞬間鼓起了被臉頰撐開了的眼睛，熱熱的，眼前的東西突然一瞬間模糊。這時我只能聽著他哈啦手機的聲音，那聲音很像蟬鳴，淒淒切切灌進耳裡，直到我用筷子掏進嘴巴，移開了那塊肉骨頭，那種鼓脹感得到了鬆弛，才知道原來是眼眶裡的淚水作怪，掉下來之後，眼前總算清晰起來。

女人的事情好像聯絡好了，他打了一個飽嗝。

有時我真希望像他，煩惱不多，壓力大就去脫下褲子，穿回來又是一個企業家。如果我沒有秋子，或者應該說，如果這個世界從來沒有秋子，那麼我也應該去那種地方脫下褲子吧。這也沒有什麼，就算脫了褲子，對方自然也不可能還穿著衣服。但什麼時候我會去那裡脫下褲子呢，為什麼我要在不是秋子的女人面前脫下褲子？

他把杯底喝掉，嘴巴一抹，「載我一趟，然後你直接開回去。」

「一起走沒關係，我還要把你載回招待所。」

「不要嚇我，今晚你是準備要開葷嗎，還是……。」

「我想猜猜看這次你又看上了誰，光是這樣應該也很刺激。小學畢業前我常常玩一種遊戲，聽到巷口的腳步聲就會蹲在門縫旁邊，明明知道我們家從來沒有客人，還是會瞇著眼睛偷偷地看，好像這樣我父親就會慢慢走回來……。」

「你媽是怎樣說的，混蛋，還不趕快把門打開。」

「她不管我，躲在樓上剪指甲。」

幸好還沒喝醉，我真誠地騙過他了。

車子開進市區後，我又開始聽著他指點迷津，一會兒來到信義路，不久又從通化街繞出來，他自己去過的地方都弄迷糊了。後來停車下來時，迎面是一個電器商品的大賣場，上到二樓，門口掛著聯誼社的招牌，裡面的天花板很低，海平面那樣地浮著一大片綿延而去的紅地毯。

我們還沒點單，侍者已經送來了熱茶，兩個年輕女郎從一排室內棕櫚後面現身，款款走到旁邊的桌前坐下來。馬達老闆像觀畫那樣打量著對方，我則穿過他肩後的花台遠遠望過去——這個瞬間竟然看見了秋子。秋子。大廳最裡面，玻璃隔起來的包廂的光影中，那個女的，簡直就是秋子的身影。

「我叫她過來。」侍者說。

也許我是誤認了。沒想到她已起身，那身材真像，也是同樣瘦長的臉形，不同的是她的肩上披著長髮，步調有些遲緩，來到花台邊就停住了，這時的臉龐雖然清晰了些，下半身卻掩在那些棕櫚葉後面，彷彿為了讓我繼續誤認才那麼矜持著。明明就不是秋子，卻又如此迷惑著我，是因為滿腦子都是秋子的緣故嗎，或是無所不在的秋子更容易被人化身為秋子，才把我逗弄得最後不得不羞愧起來。

「認識的？」馬達老闆說：「不看臉就好，又不是做她的臉。」

不看臉，秋子還是秋子嗎？

我回到山上雖然已經深夜了，還是打了電話給秋子，告訴她提案的事已經看到了曙光。然後她就哭了。她這樣的哭泣讓我感到溫暖，雖然兩個人沒有面對面，反有一種特別窩心的想念，我知道她一直沒睡好，隨時等著我帶來的任何訊息。

「如果你的提案通過，一定可以幫到很多人。」

於是她又重提投資入股的錢。明天她想再去跟朋友借借看，因為年冬的孟宗筍只賣到二十萬。我說秋子，我們要有志氣，拿了娘家這種辛苦錢，我們連一個筍子都不如。

她一連說著嗯。嗯，我知道不該拿，但是你怎麼辦？

我說沒關係，不投資也不會死，何況今天心情好，喝了一點酒，而且還看到一個人很像妳，幸好她留著長頭髮，不然我真的會叫出妳的名字。

回來才叫，不要讓別人聽見了。她說。

9

春天悄悄爬上了落葉喬木，滿山的禿枝又萌著嫩綠的新芽，沿著山坎的大樹也開了羊蹄甲和火焰木的紅花。聽起來生硬的滯洪池，在幾個兄弟的建議下通過了易名，對外統稱為生態景觀池，實質呼應了邊坡上下盎然叢生的綠意，連螢火蟲也有零星幾隻提早飛來，馬達家眷中的小孩放完風箏都不想回家，拿著網子躲在樹下，等著那一閃一滅的光點從黑暗中飄出來。

七兄弟雖然不再相約開會，卻各自帶著友人上來踏青，常常一行人繞著景觀池看魚，藉機推銷著「老人與海」的規畫理念。印象最深的是那位開腦權威的醫生哥哥，我不知道他的名字，平常他也不吭聲，只捋著下巴那根冷漠高傲的白毛，這次卻站在池邊拉搏著一條想像中的魚繩，整個人誇張得往後仰，旁邊的友人笑翻了。

老人與海的發酵似乎已經產生某種共鳴，應該說是關於心靈，像有人在爐邊念著一首詩，聽者都靜默下來了，吵雜的聲音融為低語，平日的仇敵忽然彼此變成了知音。老八也出現了異常，遠遠地對著那些兄長們微笑，生怕對方不敢相信，還刻意挨近他們正在寒暄的小圈圈，機伶地站在一旁，一邊指揮員工搬來一張長桌擺上草地，十幾張椅子全都穿上鵝黃色的布套，從後面看去彷如一場懇親會即將舉行，正在等待著馬達家族那些個寂寞的背影。

任何好事好像都出現了，連秋子也傳來了喜訊，她興奮得說不出話，只能靠著急喘喘的氣音對著電話筒呼喳，後來總算讓我解析出是關於錢的消息。原來那個攝影老師、銀行經理的羅毅明，突然答應了秋子，雖然沒有任何抵押品，但他願意讓我們用信借的方式拿到錢。

我早就不敢奢望的投資認股，像一輪夕陽墜落下去又浮上來。既然有人願意伸出援手，還有什麼要猶豫的，當晚我馬上急奔下山，趕上最後一班的客運回家，隔天就辦妥了銀行對保手續。

一切都是那麼意外。意外的兄弟和解，意外的借到錢。後面應該還有更美好的意外，我相信還有，就像春天一樣，開完了李花還有桃花，一切的生機都會慢慢到齊，如同認識秋子那天也是那樣的奇蹟，若不是先走進了那家果醬店，怎麼會有那一絲靈感飄來腦海，那麼，幾分鐘後我們如何相遇在那一家咖啡廳？

意外果然還有，然而卻是黑色的三月。

世界衛生組織突然針對全球發出警告，一種罕見的急性呼吸道疫情莫名地出現，正在各地逐漸擴散中。幾天後，台灣果然出現了第一個病例，但因為才剛開始，社會上還沒有出現恐慌，恐慌大都是因為某種意外成群結隊，像一隻隻魔手神出鬼沒，在沉睡的黑夜一家家挨戶敲門。這時沒有那種嚇人的氛圍，山裡的工區依然隨時有人溜進來，火焰木開得太迷人了，遠看像是滿山遍野抹上了冶豔的紅胭脂。

四月就真的太過意外了，台北和平醫院傳出了多起院內感染，隨後立即宣布封院，緊接著還把可疑的街道前後封鎖起來，恐慌氣息這才開始蔓延。人人戴著口罩上街，不上街的戴著口罩躲在家裡，電視一開就是疫情感染的喧嚷，電視台每天派出SNG車停在醫院門外，每個鏡頭固守著一群特別醫療小組的窗口，拍到的都是那些防護衣沒辦法包住的眼睛。

木棉花趕在春天開完掉光後，一切生機頓時陷入初夏的煩躁。聽說餐廳、電影院那些公共場所空無人跡，員工從市區辦事回來，描述的都是靜悄悄的街景。

馬達老闆則連續六天不見人影，管理處只好派一個女助理到吉林路的招待所當差，兩個小時量他一次體溫，傳回來的消息是正常得要命，唯一的問題是他沒辦法走路，聽說兩隻腫腳隨時放在冰枕上，稍稍一翻身馬上發出喔吼喔吼的怪聲。

痛風暫又痊癒時，找我問著市場慘況，突然起了念頭要到台中。

「你說現在哪裡還能去，糟透了，我出門搭電梯的時候，一個傢伙直接對著我猛打噴嚏，以為他媽的戴上口罩就可以特別大方。我看不如這樣，你載我回老家去逛逛吧，晚上也把你那個秋子叫出來吃頓飯，總該看看她長什麼樣子，要不要，我來找一個禁止打噴嚏的餐廳。」

高速公路的車流量顯然跟著變少了，車子過了桃園後一路暢行，平常我都是搭車回家，難得這次踩到了臨時可以溜回家的油門，車速不免隨著心跳開始奔馳起來。秋子還不知道呢，為什麼要讓她知道。我們規律的生活一直都像按表操課，難得這天不算，這份悠閒算是上天多給，就像傻傻的秋子也抽得到那種昂貴的單眼相機。

如果默不吭聲突然出現在家門口，那麼，開門後的秋子會是怎樣吃驚，我光想到這樣的畫面，車子當然很快就把后里的站牌輕輕越過了。

我先把老闆載回到那間合院老宅，然後開走他的車子，沿著兩年多前還在巷弄中穿梭的摩托車路線，越過文心路後開始左轉右轉地衝回家。

我按著門鈴，尚且臨時戴上口罩，想要小小地捉弄她，先讓她在錯愕的陌生中感到不安，然後略為遲疑，直到發現這個流浪漢竟然是她的夜歸人，突然出現在她毫無期待的瞬間，這種驚喜才會驚天動地。

然而我按了很久。沒有人應門。

後來我自己開門，匆匆跑進房間，匆匆回到客廳，錯愕的原來是我自己，剎那間呆立在恍惚莫名的空間裡。我打電話到花店、到攝影教室、到她常去的洗相館，也試著聯絡她的友人，一直到黃昏降臨，每個角落沒入黑暗，這時的我已經沒有勇氣開燈，只能埋頭趴在桌上，迴避著任何一絲絲恐怕更為黑暗的亮光。

我把馬達老闆的餐約暫時取消了。然而何止是暫時，後來整個夜晚直到凌晨，以及從凌晨等到窗外漸漸映出微光，我一直不敢走進房間，只能撐著僵硬的肢體埋在椅子裡。

最後我不得不從清醒中清醒，倘若秋子有事，她也瞞不住自己的嘴巴，遲早會在事後主動說出來吧。我不想讓她為難，把屋子裡曾經動過的痕跡一處處撫平，且把餐椅塞進桌底，最後才鎖上大門悄悄離開。

彷如自己畏罪潛逃，我把車子開到那間老宅外，等著老闆返北上山。回到山上時，第一件事就是打電話，這時她總算回來了。但她沒有提起昨夜的外宿，就像我也沒有透露曾經回家。我握著話筒，無法聽懂她的沉默，彷彿她只是外人路過，剛好聽見一個電話空響，拿起來後擱在一旁。

我們不曾這樣。但我不敢多問，問了怕有傷害。但我也不敢沉默，我說秋子，記得戴上口罩，花店雖然那麼近，但是外面的病毒萬一藏在花粉裡……。我還說，前天總算看到第一隻的五色鳥了，超漂亮的五色鳥，剛從樹梢裡飛出來，可惜看到我馬上又飛走了。

在她完全反常的靜默中，我甚至囁嚅起來……。

後來她淡淡地，用一種極為冷靜的聲音說：「貸款今天下來了。」

10

兩天後的週五，外鄉運來了一批老梅樹，直接落植在已經挖空的樹穴裡。和往常一樣，我站在吊車外協看著樹身的調度，卻不知道有些枯枝暗藏在綠葉裡，突然斷裂在空中時，分枝的尾梢像岔開的彈弓朝我劈下來。

那劈下來的枯枝無花無葉，像一把紛亂的幻影難以閃躲，直接穿破我的上衣留下了胸口的瘀傷。馬達老闆午後上班，聽到園藝工頭的轉述才知道詳情，但他說的卻是無關的話：「你現在就提早回家，自己的事處理好。」

下山後的客運車上，沒有瘀傷的內心深處反而劇痛起來。例假回家，從來沒有一次是這麼早的傍晚。來到門口時，反而莫名地膽怯著，恍然以為會是前天那個畫面的重演，我遲疑在茫茫然的關卡前，很怕一走進去又陷入空淒淒的迷幻中。

幸好她在家。她總算聽見了門鈴，碎步跑來，停在玄關，穿上拖鞋，打開了門下的小燈，一邊應著門，誰呀，誰呀，誰呀……。誰呀的聲音讓我感到淒涼。我雖然有所回應，嗓音卻是那一股劇痛引發而來，低沉得使自己感到震驚。我警覺到或許不該這樣，於是乾咳兩聲後等著她開門。

她卻已經回復了清脆的嗓音，依然和我抱在一起，我們在那通電話中的疏離似乎都已平息了。我隨她進屋，看見桌上一個碗，一盤中午吃剩的雜菜，顯然她正在吃著和平常一樣將就的晚餐。然而她吃得並不專心，一堆照片分列桌旁，她平常愛看的電視沒有打開。

「你去洗澡，我趕快弄菜。」

秋子忘了一件事。不，她遺棄了她自己。

她沒有驚喜。

我意外地提早到家，對她是頭一遭，卻像深夜回來那樣稀鬆平常。

她從冰箱取出食材，轉開水龍頭開始清洗，水聲大而急切，像要沖掉所有的殘渣。從後面看到的短髮是亂了的，髮尾在耳下微鬈，卻有一綹掉開了。我轉頭看著平常擱放蔬菜的牆角，找不到她從娘家回來通常都有的痕跡，譬如不是筍子的季節，也會有一些零星的蔬菜、豆類帶回來，可見前天她也沒有回去，那一條可能被我遺漏的通路至此也算已經了結。

那麼，哪裡還有秋子可去的地方？

爐子裡煮到一半，她突然想到了那些照片，為了掩飾什麼吧，擦著手過來準備收進袋子，不像平常有了新作就拿出來獻寶似地混合著她的羞赧。我大略瞧了幾眼，都是一張張的孤峰大山，彷彿暗房裡剛出爐的相紙，不斷對我折射出她失蹤那天晚上的星光。

我終於伸出手來。

她有點猶豫，僵硬，遲疑，遞過來時兀自走開了。

厚厚的一疊，千山鳥飛絕，雲海貼著空淨的荒野，別說我們從沒去過那樣的夢中，我每天踩踏的山頭也看不到這麼深幽的美景。而且海拔是那麼高，冷杉林蓊鬱在濃濃的寒意裡，連峭壁上一棵孤松都被她抓住了，挺著奇曲的枝幹伸入雲裡。

走出了狹隘空間的秋子，這一步走得太遠了。

其實我想聽她說說話，隨便亂說都好，等著她過來偎在肩膀下，對著照片指指點點，像過去那樣混合著快樂與不安，說著拍這張時她的手指頭滑掉了，拍那張時剛好有人走了過來——要過去就趕快過去嘛，害我一急就按下了快門說……。

我當然更想知道某些細節，某些誠懇的自白可以讓我免去各種疑猜，譬如說這是哪裡的山，幾個人參加的攝影旅行，路途遙遠得趕不回來嗎……，還有呢，難道這一天的羅毅明剛好不用上班……？

我已經看不見站在眼前的秋子了。她好像沒有回來。直至經過漫長的時辰，我從浴室出來，把她撲倒在床上，這時竟然好像還沒有找到她。她穿著睡衣還披上長袍，套著一條冬天晨跑用的棉褲，只差還沒把自己的臉整個包起來。我用力拉扯她的長衣下襬，然而越是這樣地急躁，她的身體更為僵硬，像已經被人汙損，血液早就凝固在恐怖的記憶裡。

我把全身包裹起來的秋子拆壞了。

我扯斷了她的肩帶，不想理會她的掙扎，直到終於剝光她的上身，那受傷的乳房顫晃著袒露出來，我才慌張地停下來呆愣著。我們真的不曾這樣。我曾經是那麼捍衛著它，很多若隱若現的裸露時刻，我雖然和她嬉戲卻也不曾對它冷落，隨時睨著眼睛那樣地牽掛著它的憂愁，大抵就是基於一種愛情的尊敬與同情。

然而我嚇壞它了。

這時的秋子卻已經不再迴避，反而安靜地仰躺著，裸露的肌膚映著燈下的白光，她忘了遮掩，或者說她突然不想遮掩了，那乳側的傷痕便宛如一個無辜小孩偎在她身邊，好像母女兩人孤單地等我從粗暴中冷靜下來。

然後我們再也沒有任何作為。我後來穿了睡衣躺下來時，她輕輕拉上薄被掩到嘴邊，只留下一汪淚水泡在她的眼眶裡。

我不知道光是這樣已經產生了巨變，不曉得經過多久，等我墜入恍惚的碎夢中應該很晚了，應該是凌晨以後的事了。我聽見她在黑暗中悄悄摸索，聲音輕得不像聲音，像一條拉鍊每隔十秒爬梳一節齒輪，像一團棉絮飄來又飛走了。然後她躡出房間，拉開了大門，如同清晨出去買豆漿那樣安靜，直至最後她輕輕把門帶上，把含著眼淚的我關在混亂的知覺中。

11

最後一眼的秋子，竟然就是那一夜我所看見的身影。

我以為她只去公園走走，去早餐店等待煎餅，或是坐在便利商店的桌旁寫信；無論她想表達的是愧疚或者辯駁，應該也會在晨間過後、中午過後、傍晚過後悄悄遞給我，或擱在甜蜜的餐桌，或夾在一本隨身書裡，或在某次不經意的轉身中讓我發現那封信擺在床頭。

我不得不趕車北上時，只好寫一張紙條留在餐桌。上山後，打給她的電話從深夜響到凌晨，一直無人接聽的鈴聲變成椎心的幻音，我聽著它響遍房間內外，像一串串急亂的腳步聲完全無法停下來。

第二天我只剩下兩個方向，一個是花店，但她沒有上班。最後一條路，秋子的娘家，我以為應該就是這樣的吧，總算可以在她娘家找到她。接電話的是她父親，幾乎認不出我的聲音，頗為訝異我想起他們，一直問著你們還好嗎，想要回來玩嗎？我一時不知如何應答，說詞微微閃爍，只能說著吞吞吐吐的問候，從頭到尾沒有提到秋子，不敢告訴他說，你們的秋子、我們的秋子不見了。

煎熬五天後，同一班的夜車又載我回家，我站在門口按鈴，用一種恍如隔世的心情等待奇蹟，而且站了很久，讓她時間充裕，想像她從浴室出來，或在房間裡剛剛睡醒，因此一邊走來一邊穿衣。直到後來我掏出鑰匙，才相信黑暗就是黑暗，這個世界再也沒有人為我開燈了，無聲的黑暗像潮水安靜卻又洶湧，淹沒到鼻腔以上時，想哭已經哭不出像樣的聲音。

這樣的日子過得越來越沮喪，每天的時間可說又快又慢，快則像一場噩夢乍醒就過去了，慢下來時又覺得渾渾然失去了生命。我只好逼迫自己埋入工作，何況山區的工程一刻都不能停，西北雨隨時來襲，下過一陣又是泥沙滾滾，洩水道來不及疏洪，剛做好的修坡造景很快又泡在水中。

暑夏接近尾聲了，馬達家族在樹蔭下辦了一場野宴，大人齊聚一桌，小孩四處捕蟬，滿山遍野淒淒切切，抓回來的蟬隻分裝在玻璃罐裡，叫兩聲就停了。老八我的老闆負責張羅大家，他頻頻指揮部屬上菜，親自舉著一大把串燒分送到每人手裡，還親暱地叫喚著他們的名字，活像一個個久違的親人剛從遠方歸來。

我負責開酒，他們的第一杯全乾，話題熱絡展開。

「聽說這次SARS的衝擊不輸大地震，市面上很多工地掛掉了。」

「人心惶惶嘛，還沒聽過有人戴著口罩去簽訂單。」

「那我們是要再等等看，還是照進度推出去？」

「如果再搞砸一次，這塊地就玩完了。」

「老八你說說看，怎麼會這樣，案子到你手上都碰到天災。」

老八自己倒滿一杯又喝掉了，嘖了兩聲咬住了嘴唇，眼睛盯著杯口，瞳孔持續放大，我看得懂這種表情，一股怒氣正在他的意識中攀升。幸好他忍住了，那兩片嘴唇適時鬆開後，齧過的唇肉明顯地泛白，顯然剛才暗暗使過勁，大抵明白想要拉攏這些親情比空中撲鳥還難，難得相聚就沒有匆匆打散他們的道理。

倒是後來他把我叫到樹林外，拉下褲襠對著遠山，神情有些落寞，鼻口哼了一聲，「你把廟公看緊一點，這傢伙的耐性非常淺薄，聽說最近又在提議賣地，有人附和那就完蛋了。你就去跟他隨便哈拉幾句嘛，看他到底在想什麼，SARS又不是我帶來的，他為什麼不去賣廟。這種死廟公平常阿彌陀佛，滿腦袋都在想錢，也不想想這種恐慌時機，就算賣地也只能賣到狗屎價。」

「我想想看，不知道要和他說什麼。」

「你是提案人，就盡量用你的理念說服他，不然叫他也出海釣魚算了，操他媽最好也釣到了馬林魚。哦，我看他是比一條破船還不如。」他瞧我慵慵的樣子，提起褲襠說：「反正現在什麼都急不得，你請幾天假去走走吧，每天光打電話有什麼屁用，既然不想去報失蹤，那就再去找，車子我借你，你開到非洲也要把她找回來。」

野宴還沒散，他回座時說了個笑話，逗得那些嫂子貴婦們吱吱叫著。

每分每秒我都沒有放棄。我真的開走了他的休旅車，用想像力決定方向，第一站從北海岸啟程，最遠深入了金瓜石，想像秋子躲在高遠的海角，每天瞭望著我所在的這座山。我沿著海岸穿行，一路追蹤她最愛的海潮音，不斷想起以前她捧著相機坐在摩托車上的樣子，那時根本還沒抵達海邊，她已經瞄著鏡頭搜索，那些日子我終究沒有帶她看過真正的沙灘，海邊都是磊磊的消波塊，她想拍的落日每次都只剩下黃昏的晚霞。

我找不到理由可以恨她。

一直到車子穿進了東海岸，才發覺浪濤之處根本難以容身，沙灘夕陽雖然就在眼前，卻已經不是秋子看得見的影像了。秋子看不見的海還是海嗎？我一路疾駛，過了清水斷崖不得不停下來，那陡落的崖壁讓我數度恍神，我爬出車子蹲在路邊嘔吐，也是因為這樣的沮喪才出現了一個念頭，我決定進入花蓮之後從此離開海邊，開始沿著沒有海岸的鄉鎮到處穿梭，想像這是秋子和我約好的遊戲，她只是躲起來嚇我罷了，我穿街走巷遲早就能和她會合，萬一兩人擦肩而過，她也會忍不住跳出來叫我。

「你走過頭了啦。」我聽見她的聲音了，每個分岔口的恍神中。

一路都是徒然。回家後我才發現剛好一週過去了，樓下的信箱夾著銀行的來信，這時一股慌亂又閃過腦海，我遲遲不敢拆開，拿到廚房，放在桌上，對著燈光，明明只是一封普通的印刷品，想到的卻是那個羅毅明，一種深沉的劇痛不斷侵襲而來，直到拆封後才發現只是一張遲延利息的催繳單。

可怕的是它再度提醒了我，秋子離家前幾天，是那麼湊巧，那筆三百萬的信用貸款剛好撥放下來……。

秋子那天的照片還在桌上，就像她最珍惜的相機也留在櫃子裡，顯然都因為這些東西帶來了悲劇，她才那麼決絕地沒有拿走。是為了給我繼續追索的暗示嗎？羅家我已經去過三次了，整天繞著古宅四周等待，也曾發現他提著垃圾袋出來，另有一次他度完例假之後準備鎖上大門離開。

讓我膽戰心驚的這些照片，我只好拿近瞳孔又多看了幾眼，那天晚上來不及說出的讚美，現在當然更來不及了。事實上她的攝影進步神速，門外漢的我已經瞧不出其中還有什麼缺點；當然，這也是因為觀景窗旁還有個祕密，有一雙眼睛幫她看著，他指著雲彩對比高山，教她如何抓住野百合的氣息，對於孤峰下那棵奇松他也不厭其煩，蹲跨著馬步在她耳畔說著彷如細訴的叮嚀。

我似乎找到秋子那天下車的地方了，照片遠處有個較為平闊的景點入口，一塊路牌在遮擋的樹梢中半隱半露著。我跑出去買了一把放大鏡回來，那哆嗦著的字體總算鼓起了勇氣告訴我：塔，塔，加。

12

我後來爬上去的塔塔加，午後三點起霧，路上濛濛微雨，連撐著傘的遊客都慢慢走光了。可見秋子上到鞍部的時間是在午前，唯有那時陽光清亮，還來得及拍下照片裡的那些連峰大山。

那麼，起霧之後的秋子做些什麼，有什麼理由還要流連，有人不讓她走嗎，或者雖然已經下了山，往水里的方向卻經過了東埔——如我自己驅車前來體驗的這條路，果然路邊有人揮著手招徠，許多家民宿錯落在迷人的鄉間野道上——於是那個人突然把車開進溫泉小路，趁機拔下了鑰匙，好讓她頓失依憑，終於茫茫然墜入回不了家的迷霧中。

從塔塔加回來後，我大概只剩那條幽冥的死亡之路還沒走完。

其實我也試過了。許多次利用山間的午休，一個人帶著開山刀劈開荒草，從臨時會所後方垂降到山腰下的野溪，再攀上源頭，把自己丟進上游的落瀑中，然後像一具流屍漂回到下游的深潭。也許不應該死才會那麼困難，水中的岩石經常卡住我的身體，沒辦法像一片落葉隨波逐流，或一隻落水狗葬送淵中。我只好藉著石側的深瀨繼續嘗試，想像自己是個新手沒入水中，刻意手忙腳亂地沉到底，為的就是體會那種完全滅頂的逼真。

可惜總是會在即將完成的瞬間掙出水面，除了喝下太多溪水，冥冥中還有一股神祕的怪力狠狠把我推開，然後讓我看見了那個人，他突然又在波瀾中現身了，彷彿每一條水域早就被他的亡魂占領，他一樣露著那過度慘白而浮腫的臉面，並且朝我睜開了魚群啄過的眼睛。

於是秋天過去了，活著回來的軀殼，死亡般地度著永遠的夜晚。

外面的市場持續黯淡著，除了馬達老闆，不再有人提起老人與海，我也寧願那個釣魚老人從此沒有回來。倘若搏鬥的意義是為了完成悲劇，或者要等到悲劇過後才看得到重生，那麼，此刻的我究竟處在哪裡，悲劇才剛剛開始嗎，還沒走到一半嗎，我有能力全程走完嗎，如果秋子真的從此音信全無，秋子不在的重生究竟還能象徵什麼意義？

果然還沒走完。上天又開了一個玩笑，而且這次的象徵竟然那麼逼真。是這天傍晚。

我搭老闆的便車來到山下的客運站，準備回家帶上幾件冬衣，他急著趕赴一個飯局，簡單交代幾句話後先行離開。客運還沒到，一部計程車卻靠上來，跳出兩個年輕人，含糊地問我要不要搭車，沒說完卻已經把我架進後座裡。

他們亮出兩把槍，分別堵在我的腋下和小腹，我看不清他們的長相，只聽見凶暴的聲音恫嚇著我的掙扎。我說，你們抓錯人了。

一把槍柄橫過來，悶悶兩聲扣在我的肋骨上。

「有問到你，才說話。」其中較為魁梧的說。

口袋裡的東西被掏了出來，旁邊的小個子瞧過皮夾哼了一聲。

開車的轉頭說：「要不要把他帶去燒掉，和上次那個……。」

「給他一個機會嘛，」魁梧的輕聲對我說：「你本來要去哪裡？」

我來不及回答，拳頭已經落下來，像一隻手掏進肺裡。

「連一張金融卡都沒有，那怎麼辦，你趕快想一下，台北現在有誰可以救你，趕快告訴他被三個人綁架了，夠朋友就帶錢來。」

「打電話回去也可以，叫家裡的人趕快籌錢。」

「不要說你連老婆都沒有。」

每個輪番說話，我只好選擇噤著聲音，卻又連續挨上幾拳，有一拳從脖子往上勾，牙齒立刻穿進肉裡，然後整個臉被一隻大手壓在膝蓋上。車子裡這時突又安靜下來，他們用黑話輕聲交談，說完後魁梧的說：「不要以為我們隨便抓人，也是要看對象的，碰到尿褲子的乾脆馬上撕票再說。但是你這老兄不一樣，活該，剛才從那台賓士車下來，算你倒楣，再裝沒錢就不夠意思了，我們從現在到明天都有時間。」

就算我想說話，嘴巴也被自己的膝蓋堵住了。血從牙肉中滲出來，等著它慢慢快要凝乾時，對方的手肘便又準確地補來一記，糊糊的牙肉馬上又有新的黏液傾注出來。

車速逐漸平穩，慢慢穿進夜裡，可以感覺他們正在兜著大圈。

我一直看不見的未來大約就像眼前這樣，鞋子是黑色的，腳底的踏墊也是黑色的，我不知道為什麼會是我，然而我也不知道為什麼不是我。為了避免窒息，我悄悄擠開嘴角的狹縫呼吸，以致潮濕的熱氣隨時糊在膝蓋上。時間應該很晚了，天亮卻又還很早，而我本來只是打算回家拿幾件冬衣。

我用力拱起後背，撐開了嘴角說：「載我回家。」

三個人聽完大笑，笑完時乍然停住，留下一種怪異又淒涼的尾音。

右手邊的小個子總算說了話，「我認為可以試試看。」

「怎麼說？」

「他看起來很清醒，應該有誠意，不是在騙我們。」

「喔，那就不要虧待他，給他喝一口水，問他住在哪裡？」

我說了地址，至少還有一百多公里的路程，他們卻毫不驚訝，車子馬上掉頭疾駛，開車的轉出交通台的頻道，新竹路段有一樁擦撞意外正在處理。

「家裡大概有什麼東西？」小個子說。

「抽屜應該有一點錢，還有一台相機。」

「阿你老婆真的不在嗎？」

「老三，跟他說我們見一個殺一個，其他不要問，讓我睡覺。」

車子就這樣來到了台中。

他們推派小個子跟我進門，家裡的壁鐘指著三點五分。我進去洗臉，他的槍對著後背，秋子的相機已經掛在他的肩膀上。

「以前拿不到錢，我被老大綁在麻布袋裡餓五天。你趕快說，抽屜裡面為什麼只有五千，不然我真的會很慘。」

小個子繼續翻箱子，最後挖出了連我都不知道的存摺印章。臨出門他叫我換上布鞋，把肩上的相機拿下來丟在桌上，「你走路要輕一點，不然我會開槍。既然存摺已經拿到了，照相機就給你留著好了，老大最討厭這種會拍出一堆證據的東西。」

「我想拜託你一件事。」我說。

「我們一定會放你走，老大很講義氣，他不會騙人。」

「不用麻煩，我轉過去不要看，你對著我的背部開槍。」

他愣著一張臉，眼睛不敢看我，「這種事我不能做主……。」

我們回到車上，魁梧的老大瞄著存摺裡的數字說：「你怎麼說我抓錯人，有這三百萬也算是我們的財神爺咧。你現在就開始睡覺，我們不要吵你，銀行九點開門的話，那就九點十分進去。老三，到時候你還是跟著他，我沒想到你現在做事情已經那麼成熟了。」

小個子把飲料插上吸管塞到我嘴裡，沒多久已經打起了鼾聲，魁梧的也歪向一邊睡著了。車子輕輕滑到幽暗的樹下停下來，這個時間輪到開車的負責看管，他熄掉了引擎，手肘擱在置物箱上，握住槍管對著我。

時間一分不差，我們總算踏上銀行大門的階梯時，小個子藏在夾克裡的槍管抵著我的腹側，另外兩個則舉著槍坐在車窗口戒備著。我們走到了櫃檯，女櫃員接走了存摺印章開始比對，這時，最裡面的牆下那張主管桌，有人站了起來。

我終於見到他了。

他朝我招招手，旁邊就是他的會客沙發。我往斜晃走一步，小個子這時抵得更緊，我只好慢下來，隨著他隱藏的槍管慢慢推著前進。

多日不見的，曾經那麼貼心的羅毅明，他依然有著淳厚的面顏，白襯衫，藍領帶，一副潔淨的士紳風采；相對的，在他眼前的我，一夜憔悴的形影，襯衫領口沾著血水，薄外套邋遢著長時間壓制的皺褶，黑色長褲尚且搭著怪異的白布鞋，鬍子也還沒刮，眼神已經渙散了。

他當然已經發現了這些蹊蹺，表情詫異地愣了一下，心裡應該是相當震驚的吧，卻沒想到很快又鎮定了下來。我以為他的冷靜是為了伺機行事，只要眼尾稍稍一瞟，旁邊不遠處的警衛馬上就能警覺到微妙的訊息，或者他也可以和小個子隨便找話聊聊，只要對方一開口就聽得出哪個環節不對，至少還可以拖長一些救援的時間。

然而他沒有。他放棄了。他雖然發現了什麼，卻似乎已經決定不做什麼。我看見那英挺的身姿忽然朝著椅背深深靠上了，神情忽然變得十分悠閒，隨口要我喝杯茶，幾根手指卻在自己的下巴處摩挲著，一直到女櫃員終於把大捆鈔票捧過來，大約就是送客的時間了，這時他輕飄飄地瞄了我一眼，然後站了起來。

13

他們得手後往南逃逸，到了一處無人的荒塚才放我下車。

四周都是竹林，每個墳丘之間錯縱相連，我跌跌撞撞滾落山坡後，總算發現一條產業道路橫在眼前。我爬到電線桿下試圖攔車，一路空有冷風撲面，呼救的聲量卻高亢得易於常人，彷彿融合著我和秋子的吶喊，兩個喉嚨一起發聲，對著羅毅明除外的任何人。

我忘不掉的是那個輕飄飄的眼神，那曾經使我景仰的、卻在最後一刻把我遺棄了的，我心目中的羅毅明，原來他真的造了孽，難怪不希望我繼續活著呢。

我怎麼可以不活下來。

趕回山上已近黃昏，我補請了一天的事假作為交代，理由無足輕重，只說一個行李袋忘在某個車廂裡。秋子被玷汙了才是真的，羅毅明用他冷漠的神情招認了，那三個歹徒豈是我要追查的重點，我多麼想要找個人說說話，告訴他說我回來了，我不僅走出了輕生之路，而且已經闖過一個黑暗的關卡。

我想要重新站起來，這時才發覺竟然已經失去了一種本能——以前只要想起秋子，腦海中馬上就會浮現出她的臉，此刻卻要凝思良久，藉由相關記憶才能凝聚她的形體，譬如從她的名字，從那酒渦的標記往臉部延伸，從床邊身體的纏繞或是乳側那個隱藏的傷痕……。

只記得她身上所附屬的，卻遺忘她了。

為了親眼看見她，我開始無法面對他人說話，隨時處在分心的恍神中，彷彿兼顧著腦海裡的一扇門，擔心她走了進來而我沒有發現，或她走不進來而我只好繼續等待著。

馬達老闆後來也發現了這個毛病，叫我不要懊惱。他說這很自然，你住進了現在的房子，還記得搬家前的浴缸嗎？

我也曾想過把她的獨照帶在身旁，隨時拿出來記憶她的影像，然而一個深愛的人如果只能躺在口袋裡，不就表示已經失去她了嗎？

這樣的日子一直熬到冬天，我用盡每個深夜趕製手邊的工作，把延推的企劃案編輯成書，裡面加註生態復育的初步檢討，也把SARS疫情發染以來的市場概況總結說明。然後選在這一天，來到年末會議的這天下午，一個突然讓我發慌的下午，我把報告書交到馬達老闆手上時，向他提起了一件事。

我說，我們上次去過一家電器賣場，樓上有一家聯誼社……。

「怎麼會忘記，我只是遺憾沒辦法記住每個女人。」

「晚上能不能一起吃飯，然後你帶我去那裡看看。」

「你早該說了，男人沒做過的事情遲早都會後悔。」

「我只是覺得時間到了，應該就在今晚……。」

我們來到聯誼社的時候還很早，客人不多，幾個女的已經坐在透明包廂等待著，有的無聊地撥弄頭髮，有的吹著指甲油，也有一個偏著臉，像隻鴿子看著窗外的屋簷。我要找的人卻不在那裡面。我向侍者比畫出她的高度、她有些蒼白的瘦瘦的臉，還有她把長頭髮收在右肩的樣子。侍者悄聲說，我知道她，沒有人願意點檯啦，很久不來了。

他接著說：「你一定要相信我，穿黑色風衣的這個不錯，現在站起來了，就是她。如果你不信，可以先到外面樓梯口那邊等，我安排她去那裡會合，她會打開風衣讓你多看一眼，裡面都沒有穿。」

「我不是來做這種事的。」

「難道你來相親嗎？」

我似乎傷到他了，他的語氣轉為冷淡，回到櫃檯撥電話時顯得很不耐煩。但是半個小時過後，大廳最裡面一道小門卻悄悄推開了，她果然出現了，穿著臨時趕來的素裝，長髮依然披在那右邊的肩膀，只是那副神情有些遲疑，隨著侍者指過來的角度怯怯張望著，似乎很想知道哪個客人點她來。看來是真的很久沒有客人願意找她了。

她很貴，侍者說，有些不安地在我耳邊咬出一個價錢。我也只好回他一句悄悄話，告訴他下個月開始我寧願每天光吃饅頭度過三餐。他的冷淡這才回暖，眼裡飄出了一股會心的憂傷，趕緊回頭去叫她帶著皮包準備出場。

我和她走出聯誼社後，穿進一條巷子，她走前面，兩隻小腿忙著跳開雨後的水窪，我只好跟著她邊走邊停，照理說應該拉住她的手，但又不想讓她覺得骯髒，只好放棄了這個念頭。本來還想問問她的名字，想想還是算了。我比較訝異的是出場前她還對著我笑，沒想到上街後慢慢寒起一張臉，似乎買賣分得很清楚，肉體賣掉了，情感保留下來，難怪一路都沒有吭聲。

她當然會錯意了。我只想找一家咖啡店，讓她坐在對面就好，兩個小時夠用了，每個人雖然都有自己的原型，但就是因為秋子不在，我才要花錢找她來複製她。但她這樣一直寒著臉，最多只能皮笑肉不笑地敷衍著，本來那麼酷似秋子，戴著面具可就越來越不像了。

當然，我也納悶著剛才為什麼突然下起雨來？我和秋子的記憶裡經常就是下著雨，雨總在最重要的時刻下著。可見她真的很像秋子啊，連下雨都像。那麼，這個女人身上究竟還有多少秋子的疊影，我莫名地暗暗期待著。

像她這樣的瘦溜身材，身上也沒有很花錢的治裝，從後面看當然是貴了，皮包看起來也是地攤貨，鞋子踩在水裡那就更不值錢了。可是當我跟著她來到賓館門口時，卻又湧起了一股彷彿偷來的窩心，啊，不去喝咖啡應該也是對的，除了看她的臉，她的身上或許還有更多的秋子吧，怎麼能說貴呢，我認為只要三分像她就非常值得。

14

老八我的老闆，倘若此刻他是我，進房後一定先沖澡吧，把淋浴間的水龍頭開到最大，在一片浪濤中高歌著帕華洛帝的〈四海一家〉，然後光著身子跑出來，像抓小鳥般把這個女人撲到床上。

我第一次來到了這樣的房間。

為了掩飾自己還是個生手，我把她的手拿過來放在膝蓋上，輕撫兩下，手指長而細滑，白白地貼著袖口，使我忍不住想把她的袖釦解開。

她卻不喜歡這樣，很快縮回她的手，寧可解開了靴子，轉身把她的小外套脫掉了。如果再不阻止，她將只剩一個赤裸到底的肉體，而我卻還沒準備好，我真的不是來做這種事的。

這時我只好告訴她，如果不介意，乾脆把燈全都關掉好了，我們來感受一下完全黑暗的房間。

「你不能嚇我。」

「別誤會，我只是覺得這樣說不定很好玩。」

她開始看著我，仔細地看著，雖然有些訝異，卻又十分歡喜，甚至怕我反悔，用力點著頭，兩眼眨出了一種喜悅的光。現在嗎？她說。她起身走到門燈那裡再看我一眼，開始淘氣地笑著，於是那些燈光便隨著她的腳步一盞一盞熄滅而來，來到我這邊的沙發時，我自己也把最後的一盞檯燈關掉，果然一瞬之後我們終於一起消失在黑暗中。

她小聲問我，洗澡的時候可以開燈嗎？

我點點頭，這才發覺彼此已經看不見，只好嗯一聲回應她。

於是她開始摸索，從椅子上撈著皮包，站起來，慢慢經過我的膝蓋，用她的手指輕觸著床單，直到終於摸上浴室的門把，打開了裡面的燈光。

「為什麼你想要這樣，很浪費時間耶。」

我還沒回答，她已經溜進去了，黑暗再度淹沒房間，只剩蓮蓬頭的水花偶爾濺上玻璃，像別人家的水管穿過深夜的聲音。

在那飄忽的水聲中，我聽見她哼了起來，是個輕快的調子，前一段完整，後面的幾聲如同泡沫般起落著。我不知道她為什麼想要唱歌，本來寒著一張臉，想起了什麼嗎，或許她也覺得這樣很有趣，所有的燈真的都熄滅了。

快過年了，窗外還有依稀的街聲，烤地瓜的販子路過不久，一台服飾廣告車跟在後面沙啞地叫著。房裡這時也出現了動靜，浴室門悄悄地被她推開，趿著紙拖鞋走過來了，划著一條慢船似地，嘴裡嗔了幾句，卻又玩味著一種捉迷藏般的淘氣與天真，摸上我的大腿才鬆口氣依偎下來。

她坐在我的大腿上，我可以感覺到她披著浴衣而敞開的肉體，像個香噴噴的小蒸籠剛剛打開，她拿起我的手放進裡面，乳下還沒擦乾，濡濕著一種滑脂般的溫潤觸感，有如把我帶進黑暗中的迷航。我因此抱緊了她，再也不會感到羞澀，甚且大膽地撫摸起來，整張臉埋進她的乳間，哪怕不是秋子也已經那麼接近秋子了。

「換你去。」她說。

簡短的語氣更像秋子。我撩上她光裸的頸子，想把她整個人攬進懷裡，然而這個動作卻突然嚇到她了，她急著想要掙脫，臉孔一直往後仰，不讓我的手穿入她的長髮中。

儘管我的手已經觸電般猛縮回來，但是來不及了。

她的頭蓋骨有一邊是平的，像一顆不完整的石頭掩在樹叢裡。

我抽回了那隻手，然而整張臉卻還埋在她懷裡，周遭的黑暗突然是那麼令人懊惱，讓我遲鈍得無法動彈。我不知道應該怎麼說話，只感到自己的心跳夾在兩個肉體中間動盪著。

「難得你不想開燈，我以為今天過關了。」她淒然笑著，「證明還是不行的呀，我還是回去好了。」

留了多久的長髮，才能完全掩蓋掉那個不幸的陰影呢？

我沒有回應，卻在黑暗中突然哭了起來。

第四章

敵人在夢中殲滅，櫻花在床頭盛開

如果還沒準備好，我們可以不要開始。白琇小姐說。

她還等著我回答，前傾的上身凝住了我的呼吸，我往後靠上椅背，才發覺自己好像被她控制了。她的嘴角抿著莫名的笑意，兩手擺放在深藍色的古布中間，等待的時間偶爾撫著左右兩邊的縐褶，然後縮回來交握著，像拜年一樣拱著小拳頭擱在面前。

「還要準備什麼，妳現在就開始吧。」

「你的心還沒回來，雜念太多了。」

可以了嗎，她說。這時她終於不再等我，拿出桌底下的籃子，掀開了竹編的環蓋，取出十來個樣貌相異的瓶瓶罐罐，開始在她兩臂之間擺置起來。這些古怪的瓷器什麼顏色都有，坦白說每個都很典雅，當它們慢慢呈現出前後有序的層次時，忽然朝我合掌說：「獻醜了。」

她把燭台端上桌，添上一截小黑炭，燭台下點起火來。

黑炭慢慢燒紅了，用銀色的夾子把它埋到小小的爐灰中。

「每個人都有說不出來的痛，就像這一團火藏在灰裡。」

說著拿出了一根羽毛，銀藍色的，羽邊滾著一道漂亮的紫彩。

羽毛當成了她說的香帚，用來清理爐子裡的白灰，白灰疊成一座小丘，耙出了橫條狀的波紋，像個小小的枯山水靜靜躺在爐中央。

接著又摸出一個小銀碟，說是雲母片，架在埋炭的正上端，再從瓶子裡倒出深褐色的粉末，隱藏的火山便開始悄悄地燻燒起來。

許個願，你想要什麼。白琇小姐說。

1

我還能想要什麼願望？讓我想想。

窗外的蘆葦已經都白了，如果還能要求什麼，那就最好任何人都走開，我不希望有人和我一起看見秋子，畢竟這麼久以來也只有我一個人為她悲傷。

我想要的只剩這個了，何況她就要出現了。

她也許已經躲在蘆葦浪裡，本來還有些遲疑，忽然看見了店裡一盞燈，因此馬上激起了一臉的驚喜，「去年沒看到的呀。」是啊，去年怎麼會有，那時多麼荒涼，門口的礫石還是臨時鋪上的，別說是一盞燈了，仰著頭也看不到淒涼的月光。

離開四年了，一個女人禁得起那麼久的飄泊嗎？每年春節我會去她家裡過上一夜，秋子媽媽總是噙著淚水望向山腰，任何一點車聲都會揪著她顧盼起來。我們圍爐吃著無聲的年夜飯時，屋角一口掛鐘答答答地催問著，沒有人有能力回答，每年都是如此，開春的鞭炮一串都沒有點燃。

白琇小姐要怎麼喚醒這樣一個卑微的靈魂？除了自責、追尋、無助地陷入恐慌，我活下來的勇氣竟然就是因為她父親的無情，而最後促使我不顧一切來到這裡的，卻是任何人都不知道的一個陌生女人。

白琇小姐，你相信嗎？我在那個黑暗的房間裡竟然痛哭起來。

那女人聽我放聲大哭，顯然嚇到了，「別這樣，你是對我失望嗎？」

雖然看不見她的沮喪，但我知道自己失態了。我用袖子擦乾了淚水，也不知道接下來應該怎麼辦，馬上起身一定讓她更為難堪，只好繼續抱著她，沒想到她的身體也跟著我的哭聲一起冷卻了。

「不用考慮我，不喜歡可以不要做。」她說。

我沒有放手，只顧搖著頭想要留住她。

「真的可以嗎，可是我壓到你了呀。」

我鼓起熱情堵住她的嘴，這時她已不再抗拒，只是一直溜開嘴角問著，剛才你為什麼哭，哭得那麼傷心呀……。我沒讓她說完，再一次環住她的頸子，感覺著她的乳房釋放出來的秋子的幻影。這時她總算稍稍安了心，順手撥著我的頭髮，說起她的頭蓋骨因為車禍而受傷的遭遇——男朋友後來跑掉了，她現在只剩下一個媽媽。

「那你呢？」她說。

「我嗎，最好不要說，妳也不要聽。」

除了臉型和五官，秋子的困境竟然也那麼像她，那種痛楚想必都是一樣穿透內心，才會在天未亮的那個凌晨，毅然帶著身上的不幸從我身邊離開。

我們在那黑暗的房間裡待了很久，直到櫃檯打電話上來催房，一場漆黑的電影這才婉轉地落幕，四周亮起了散場燈，我瞇著難以適應的眼睛，看著她走到床尾撿起散落的衣物。她開始穿衣服，彷彿已經習慣黑暗的摸索，底褲雖然穿上了，卻裸著上身轉過來，不急著把她的胸罩穿回去，還走到窗邊撥開簾子看著外面的夜空。

「請你吃飯好了，難得我賺到錢還那麼清白。」

我在一個路口看著她離開後，才發覺還沒聯絡馬達老闆。沒想到他早就退房了，正在吉林路的招待所和一群朋友唱歌喝酒。那裡的氣氛似乎已經炒得熱滾滾，電話中我聽見他扯著喉嚨說：

「怎麼樣，你這次爽到了吧。」

我鼓起勇氣告訴他，想要請一年的長假，如果公司不能破例，那就讓我遞出辭呈離開。他在電話那頭又叫又嚷，旁邊有人唱歌，台語歌，背景音樂中的汽笛從鐵軌上噗噗傳來，一下子淹沒了他的聲音。

兩個月後我來到這裡時，初夏才剛開始，蟬在河溝對岸叫得比這邊響亮，廢棄的矮屋只剩一個電表，房子的主人已是第二代的小孩。他可能以為我是個大畫家，租金便宜得像借住一樣，每天跑來幫我清理雜荒，還央求他做木工的叔叔造了上面這個夾層房。

咖啡店開張第一天，路過的只有一個香腸攤，礫石上的車輪喀喀喀地震晃著那吊在車架上的生香腸。他說剛從廟口收攤過來，很好奇這邊為什麼突然亮著燈，以為終於可以看到鬼。他的炭爐還有一點餘溫，搧幾下就起了火，便在路邊和我烤起了香腸。那時的我多少還有一股恨意暗暗蠢動著，很想問他關於羅毅明的訊息，卻又怕他聲張出去，只好把半句話忍在嘴裡，合著兩條香腸一起吞下去。

從戒口那天直到現在，我真的做到了絕口不提的緘默，若不是白琇小姐一再前來軟硬兼施，若不是她父親跑來喝了那杯咖啡，羅毅明這個名字，對我來說其實已經不存在了。

我想要找的不過就是秋子，還有她的清白。

其他的都不重要了。

因此，當白琇小姐慎重其事地要我許願時，坦白說我感到滑稽卻又迷惘，只好跟著她瞇上眼睛，滿足她想要作為一個心靈導師的幻想。

這時候，她終於開始操作起來。

她先示範著吐納的快慢、持爐的韻律以及聞香的表情，一輪完成後換我現學現做，我便也捧起了小小的香爐，像個笨蛋撞進精靈之門，問都不敢問，說也不能說，生怕手上滿滿的爐灰被我的笑聲撲出了塵埃。

白琇小姐前後更換了四種香料，說是代表春夏秋冬的意涵，每種味道只要聞過三巡，她就會重新換上不同的粉末。這時的空檔她才說話，嗓子有些沙啞，像是飄飄然神遊之後重返人間，極度好奇我這平凡人物的感應，頻頻問著說：你聞到了什麼，想到了什麼，有看到雲海嗎，有走過一片森林嗎，有覺得身心放鬆了嗎，沒有嗎，真的還沒有嗎？

為了幫她完成那種高貴的使命，我只好對著她猛點頭，胡謅著說我真的看見雲海了，看見雲海裡剛好飛過一架波音客機，還突然捲起了一根羽毛呢，羽毛是那種輕飄飄的黑，我覺得那應該就是我，映著金色的霞光……。

「你在胡扯啦，怎麼會有波音客機。」

「不然就是偵察機，它和妳一樣正在搜救我的靈魂。」

我忍著不想取笑她還有什麼妙方，為了挽救自己的父親或者我的良知，坦白說她已經用盡了力氣，畢竟是那麼當真，一整套的道具都備齊了，且是專程帶來的。白琇小姐辛苦了。

2

幾天後，店裡來了一位稀客。

一部黑車停在礫石外的黃土路上，窗玻璃也是黑色的，長長的喇叭聲對著店內猛響，直到駕駛座的門一推開，我才看見司機老郭跨出來揮著手。我迎上去的時候，後車窗這才緩緩降下玻璃，裡面的他撐著一副大墨鏡，說穿了是來嚇我的，這時總算吭了聲，「你應該出來迎接吧，我專程來的。」

馬達老闆變得不太一樣，嘴裡不再咂著檳榔，身上也聞不到濃濃的酒味，走路的身手還算俐落，穿著一雙正常皮鞋，已經看不出兩腳有什麼異樣。我讓他坐在窗邊，白琇小姐那天的香道似乎還有餘味，他吸著鼻子測探著，問我噴了什麼精油在空氣中，他說自從戒煙後連一粒灰塵都聞得出來。

「你怎麼樣，我常常在幫你估算倒店的時間。」

「還早，請假到明年春天才滿一年。」

「我打賭你請假一百年，還是一個人在這裡賣咖啡。」

他瞧瞧四周，探出窗外喊老郭進來休息，然後像那菜鳥警察一樣盯著頭上的夾層，接著回到我身上，「別傻了，她不會來的。」

「記得就會來。」

「嗯，真像在拍電影，還要等多久，女人是用等的嗎？」

他偏著頭瞧著外面的堤防，「我也想過要不要把老婆找回來，聽說最近被一個闖進餐廳的白人打昏了，交代員工說不必讓我知道。你看這有多慘，她應該不是怕我傷心，是怕我不會傷心。」

我調了一杯老派的曼特寧給他。印象中，他對任何事物的喜愛大約只剩一杯咖啡的忠誠，沒想到現在多了那麼一絲絲的惆悵感。

老郭要了一杯紅茶。窗外下午四點的天色，初冬的風推著落葉滾進了那部黑車底盤下。我陪他喝著咖啡，聽他說著半年多來的山務進展。「前幾天工人還看到了兩隻山羌，從野溪那邊溜上來吃水果，聽說很像一對母子，可見我們的生態復育做得越來越好。不過也有小偷，算他倒楣了，你睡覺的那個房間一定很讓他失望，留下一坨大便才走。」

「那幾個兄長呢？」

「我就知道你會問，你最清楚我和他們的關係錯綜複雜，今天來也是為了這件事。你知道嗎，那七個現在對我客氣得很，都不叫我老八了，誰不知道我耗在山上是在替他們拚命。現在那些景觀綠化已經穩定下來，連最近一棵移植過來的老茄苳本來要死不死，看大家活著只好硬著頭皮撐下去。小子，你應該知道我在說什麼，時間快到了，我還在等你回去，要推案啦，趕快振作起來。」

我準備給他再續一杯，等著磨豆聲還在嘎嘎響，才發現窗外的樹下又露著那截熟悉的車身尾巴。這下她要窮等了，我想。馬達老闆問著秋子的事，聲音輕得司機老郭都睡著了，「當初你來應徵，跟我說一個家人都沒有，那副可憐樣把我嚇一跳，因為那時我最困擾的就是家人太多。」

我傻傻地笑著，真的是一副可憐樣啊。

「他媽的我被你騙了，你那天說了一句超級偉大的鳥話。」

誰還記得，我訝異地看著他。

「你說應該要有一番作為，才能擁有她。說得真好聽。」

我想去給老郭加茶，被他擋下來。也是因為被他擋了下來，心裡突然抽緊了。我是說過了那樣的話。

「你現在的作為又是什麼，自己想想，每天愁眉苦臉，她就算想要回來也不敢，一定自認為這些都是她造成的。你要想辦法敞開胸懷嘛，我也是被那七個磨了一萬遍才學到的。」

他看天色漸暗，反而決定不急著走，叫老郭去把車開過來，「很久沒有和你喝兩杯了，我聽說這裡有一攤豬頭皮很夠味，怎麼樣，一邊吃飯一邊聊，我們再討論一下推案計畫，房地產最近有點好轉啦，訂價策略雖然可能要往上修，不過最重要的是你的提案都不會改變，大家擦亮眼睛等著看你表現，老人與海嘛，難得人生的奮戰精神可以搬上建築舞台，這是不得了的創舉，你就看著辦吧，趕快打起精神，千萬不要連一個老人都不如。」

我們出發時，停在樹下的那截車身還在，準備拉下鐵門時我猶豫了半晌，突然覺得不忍心，只好留著玻璃門虛掩著。

馬達老闆的黑車開上街時，天更暗了，到處繞了幾圈後，他還為了那攤豬頭皮問了兩通電話，再也不像以前只要看到攤子就坐下來。

「活得那麼封閉，別說豬頭皮，恐怕你也不知道哪裡賣豬肉吧？」

我們在媽祖廟後面的巷口喝起酒來。他不碰啤酒，叫老郭從行李箱摸來一瓶特級高粱，兩杯下肚後，話題卻從最近的養生之道談起，他和幾個朋友最近迷上了薩克斯風，每兩天就去上一堂課。

「那個老師說我的肺活量像一隻青蛙，媽的，練到打噴嚏時肚皮兩邊都會痛，不過現在的丹田好像死掉又復活了，吹起來好像在吵架。」

我想起了躺在山上喝啤酒的那個夏夜，他一直說著帕華洛帝的高音C，很擔心那個世界男高音唱不上去，其實說的就是他自己。這個人好像突然翻轉了，以前出門要三部車才找得到自信，現在似乎已經用不到，一把薩克斯風就讓他吹噓得活靈活現。

我喝得醺醺然回到店裡時，白琇小姐已經把車開走了。

但她進來過，櫃子上留著一個小紙袋，裡面並不是字條，而是夾著兩張相片。一張特別眼熟，是她家院子裡的那棵大櫻花；另一張卻讓我傻了眼，久久久久說不出話來。

3

沒有見上一面的白琇小姐，她就像尋找失物那樣焦急，我的酒意還沒退，電話就來了。她說季節變換的影響，父親的藥量不得不跟著加重，看著他慢慢入睡，才有心情打這通電話來，問我回來多久，喝醉了嗎，那部車子是誰？她不能眼睜睜地看著我被人載走了。

「我以為你被兩個壞人挾持。」

「照片都是從妳家門外拍的嗎？」

「嗯，同樣的房子，你當然一看就知道，有櫻花的那張是我父親去年的作品，每年三月他都會拍幾張保存下來。」

「我想知道的是另外一張。」

「不就是櫻花不見了嗎？」

「為什麼不見了？」

「上次我回來的時候，嚇得以為走錯門，地上已經清理得乾乾淨淨，新種了一大片的燈籠花，還很得意說院子變大了，以後每天都看得到花。我去問了工人，說挖下去的時候才發現櫻花的細根都爛了，猜是灌了很久的鹽水……。」

「妳留下這張照片，對我來說太沉重了。」

她沉默許久，突然微微哽咽起來。「我父親這輩子，大致上就是這兩張照片的翻版，有櫻花和沒有櫻花，人生大概也是這麼回事吧。照片只是留下來給你對照，並不是要你同情。」

稍稍平靜後，提起上個月的事，她推辭了一個攝影聯展的邀請。

「我急著找你就是為了這件事，他現在連最得意的櫻花也沒有了，攝影展還能放棄嗎？我趕快又去補上一份同意書，正在替他選樣，突然想到如果每張參展作品都有你的參與，你來親自題上一些字，這件事一定會變得非常奧妙，說不定就是對他最好的療癒。」

當然是太過奧妙了。掛上電話時，我心裡告訴她。

照片裡，羅家的院子已經空空蕩蕩，只剩一片平常隱沒在樹冠中的黑瓦白牆，彷彿考驗著我對那棵櫻花的記憶，秋子當年按下生平第一次的快門，就是那個紅豔豔的瞬間，開得多麼燦爛的櫻花，把她的笑靨都染紅了，我還記得她是站在院子裡拍攝的，很多蒼勁的分枝伸過牆頭不見了。

羅毅明每天給櫻花灌著鹽水的時候，腦海裡必然還是清醒的吧，雖然不是櫻花使他罹病，但未嘗不是因為它象徵著危險的美，一切才因為它的盛開而凋零。羅自己最清楚，他在那樣一場花心拂亂的迷惑中把自己推進了深淵。

無論如何，這張照片算是傳來一種追悼的訊息，代表著一個悲劇的起始已經斷滅了。可是，就算我願意為那些參展照片題字，不見得也有勇氣面對他的每一幀作品；凡他羅毅明涉獵之處，難道沒有秋子誤蹈而去的足跡，她躲在鏡頭後面，屏息等待著大師建構的美景，是那麼充滿對他的景仰，滿臉盈溢著和我一樣的天真，根本沒注意到他的寂寞是那麼蒼老，隨時都會忍受不住別人的青春。

多麼遺憾，曾經那麼燦爛的櫻花，我生命中的敵人的櫻花……。

酒醒之後，心裡的痛彷彿才開始流竄，櫻花的消失反而勾起更多的感傷。白琇小姐的期待顯然是要落空了，她怎麼想到的，我去哪裡尋找高超的道德來寬恕他，不就像是要我把愛寫在恨裡面嗎？

我把沒有櫻花的照片翻到背面，只留下深夜裡的一行獨白：

敵人在夢中殲滅，櫻花在床頭盛開

寫好了這些字，頗以為終於可以走出過往的滄桑了，消滅敵人不費一兵一卒，美麗的櫻花終於為我一人盛開，這樣的境界是多麼令我欣慰。

然而當我爬上夾層躺下來，滿腦子卻還是那個天未亮的凌晨，秋子又在黑暗中摸索著了，她的行李是那麼輕，只有幾件衣服怎麼過完她的一生？想到這裡，我的眼眶已經又是滿滿的淚水，只好再度爬出夾層，來到桌前繼續對著那張照片發呆，然後在不知幾點幾分的悲傷中突然把它撕碎了。

4

我恍恍然躺到第二天中午，完全沒有開店的心情，乾脆鎖上了玻璃門，從鐵門底下溜了出來。外地來的遊客已經陸續來到街上，媽祖廟沉寂一夜後再度飄起了香火，廟後的巷口那個酒菜攤卻還鎖著一圈鐵鍊，我繞出去吃了簡單的午飯回來，總算找到了昨晚酒後遺落的手機。

突然很難打發的下午，腦海裡一直都是那棵櫻花的消失，不禁想到這會不會是羅毅明對我的軟弱報復，說不定他就是故意讓我陷入失焦的痛苦。

我攔住了一輛計程車，吩咐司機慢慢開，沿著小鎮周邊繞完再說。他說沒有目標很難計價，問我可否跳錶，不然鎮上都習慣以路途長短來喊價上路。我說隨便你的意思，愛怎麼算都隨便你。後來確實因為不知道要去哪裡，我只好改口答應他。

先生是哪裡人？台北。第一次來嗎？第一次坐計程車。

沿路看到景點時他就會停慢下來，車子裡都是他的海口音，遠從歷史典故說到古蹟保存，他沒發覺這種低沉的海口腔調是那麼催眠，一圈繞完後我已經快要睡著了。

「開到海邊看看。」

「如果要觀賞海景，應該要從外環道繞出去。」

「不用，我只想看看這裡的海。」

「喔，那就是沒有沙灘的海……。」

車子掉頭，朝著直線穿進去，窗外果然很快出現了我和秋子走過的蹤影。我請他停在海口的駁坎下，試著用力推門才把風擋開，後面一排排的木麻黃亂髮扭腰，海濱的冬季狂送著空洞的呼號。

「我可以載你去濕地，那邊人多，也有竹筏半日遊。」

我要他繼續往前開，經過一間國小，接著是起伏的土坡路，他說再進去就看不到什麼了，只剩下一個兵營。車子折回往東走，越來越荒涼，他又提醒這是鄰鄉的去路。

「這地方很小，先生要找人的話，說一個名字就好。」

「萬一沒有名字？」

「那就說一個姓試試看，有客人考我十次，說我可以選鎮長。」

羅。我心裡說。

車子繞出了環道，折回來卻又是熟悉的鎮街和媽祖廟的飛簷。經過一家小旅社時，我突然想要好好洗個澡，因此叫他後退停下來。

「中午你上車的地方，就在這一間旅社後面。」

廳口進去有個穿廊，樓梯躲在深暗的盡頭，爬到樓上才發現天井裡開著一棵玉蘭花。房間很簡陋，小床靠著牆，對我來說卻已經舒適多了，趴上去時很想翻滾兩下，可惜渾身不知何故地疲憊著，從昏睡中醒來已經天黑了。

這麼一天總算讓我消磨大半，我沿著鎮街慢慢又走回自己的咖啡店，快到門前那條礫石小路時，卻遠遠望見店裡面竟然亮著燈，亮得四周更暗了。錯愕中我開始跑了起來，越接近就覺得它越真實，連門側的竹子都篩出了窗內的光影。

秋子。我的直覺就是秋子。秋子她自己走進來了。

使我詫異的是門上的玻璃已被敲碎一地，這又不像秋子了，她會耐著性子倚在門口，像以前那樣含著酸梅般驚喜地看著我。我伸頭一探，不禁納悶起來，裡面的牆邊確實坐著秋子的短髮，一件灰絨色調的洋裝，頸後亮著一條細細的銀鍊子。

我來到她背後時，總算明白了，恍然中感到一股困惑襲來。

白琇小姐就算無所不在，至少這也不是她會突然出現的時間，是來尋我開心的吧，才讓我掉入這種尷尬的錯覺。她沒有轉頭，反而兀自打開面前的飯盒吃了起來；另外還有一個飯盒擱在她對面的空位上，連一雙筷子也擺得整整齊齊，時間將近七點，彷彿等著遲到的客人來到她面前就位。

「妳已經回台北了，為什麼會在這裡？」

「你在等一個人，我也在躲一個人。」

「那也不應該破門而入……。」

「一塊玻璃怎麼抵得上一棵櫻花。」

她冷冷說完，又夾上一口菜，吃得極為認真，短髮下的頸脈微跳著她細細的咀嚼，臉是對著牆的，似乎看著白牆才能吞下今天的晚餐。她伸手推推另一個飯盒說：「我自己做的，快要冷掉了。」

窄小的空間裡，容不下我像吵架般一直佇在背後，只好坐下來打開她做的便當。我低著臉吃飯，卻發覺那短髮下有著一雙正在凝視的眼睛，我夾起一塊豆皮，她也凝視著一塊豆皮那樣。我塞進嘴裡故意抬起臉，果然迎見了這雙直視的眼睛，已經不像以前那樣閃躲了，嘴裡也沒有停下來，吃得那麼壯烈，像要趕赴沙場前夕的最後一餐。

題字的事拒絕她之後，變成了現在這樣的距離。

幽暗的店門外，這時突然有人砰的一聲關上了車門，沒多久開始叫嚷著一串粗沙的男聲，白琇、白琇地呼喚著，聽起來很像圈著手掌吶喊，喊完了門側，來到那破掉的玻璃門外又叫了兩聲。

「難怪那麼冷，風從破洞灌進來了，你去把鐵門拉下。」

「這不好看，既然是來找妳，就讓他進來再說。」

「不行，鐵門一關，他才知道我的意思。」

我猶豫許久，走到門口卻看不到人，把鐵門拉到底之後，那聲音才跟著停下來，沒想到車子引擎這時突然又發動了，一直深踩著油門發出了熊熊的怒火，我以為他會朝著店門衝進來，沒想到車子掉頭了，還沒打開大燈已經衝上幽暗的路頭直到消失。

「妳說在躲一個人，原來就是他。」

「男人的愛情就是這麼差勁，決定不想繼續折磨下去，他才一路找過來，車子開了兩百公里，沒幾分鐘又跑掉了。」

「至少他來了。」

「聽到關鐵門的聲音就馬上放棄，這種人怎麼不被我看破手腳。哪個男人像你，每天秋子秋子，一天到晚的秋子。」

白琇小姐違反了她自己的承諾，今天晚上話多了。

那部車開走後，她臉上的愁悶這才忽然亮麗起來，沒吃完就收掉了便當，還溜到吧台泡起了咖啡，手腳雖不俐落，卻像為了慶祝什麼，咖啡端來的時候輕快地叫著，燙呀好燙呀，兩隻小腿飄在雲裡。

還走到架子上打開音樂，轉回來停在我的面前，用她從未有過的幽怨說：

「你慢慢等吧，我只想告訴你，就算看到了秋子，我也要把她藏起來。」

「妳今天為什麼一直說她？」

「因為無話可說。你把災難丟給我父親，現在又丟給我。」

「我不懂妳的意思，白琇小姐……。」

「抱我，」她突然依偎著趴上來，「你怎麼對秋子，就那樣對我。」

穿著洋裝的身體，想要貼緊我的胸口，怕滑掉了似地顫抖著。

5

啊，白琇小姐，我真想哭。

我們各自背負著完全不同的遭遇，竟然還能這樣深厚地擁抱著。

一個正常男人怎麼禁得起如此激盪的情懷，倘若還要保持清醒的乾淨那就更無可能。然而我卻像個不正常的男人那樣地軟弱著，除了擁抱，我不知道那樣無謂的哭泣算不算是對妳的回答。只能說，我想要讓妳了解，我的軟弱和愛不愛無關，反而是因為我懂得愛，才會在妳的面前緊急停下來。

任何的愛都有一個臨界點，隨便跨過去恐怕就會失去更多。

白琇小姐，妳父親身上就有一個隨便跨越的例子，他原本是那麼善良，可惜這輩子就因為一時的寂寞和貪婪，跨過了鴻溝才發現路是那麼難走。秋子也跨越了，不幸的是，她竟然是為我跨越的，倘若當時她不急著替我籌錢，那麼，就算妳的父親設下千萬個陷阱，再怎麼天真的秋子，也不會在那臨界點上蒙著眼睛跳下去。

只能說，那個陷阱太過精緻了，鋪著花邊的黑洞，充滿著信任的深淵，我不敢想像平常那麼膽小的秋子，掉下去的那一瞬間是多麼恐懼，她的任何掙扎都讓我心碎，讓我覺得自己同時也被綑綁了那般。

在那手足無措的瞬間，遺憾的是我也來到一個臨界點上，而且我也一時糊塗地越界了——我一直以為她所失去的都是我的，因而當她走出那天凌晨的房間時，我除了含著眼淚，並沒有立即攔住她，以致從此失去了更多。

我看得見的都失去了，包括妳也許不知道的信用貸款，那些歹徒得手後，我連一件可讓銀行查封的東西都沒有，那筆錢一手來又一手去，多麼像這個可笑人生中的一種戲謔，如同我小時候的夢想也是茫茫然破滅了那樣。

然而在這滑稽的處境中，白琇小姐，妳卻讓我震慄著了，妳的懷抱是那麼溫暖，是那麼一種快要讓我無法克制的幸福的悲哀。「我可以這樣嗎？」那時的我是這麼想的，我不僅沒有迴避，甚且偷偷地用力抱著呢，以致那種擁抱忽然充滿著幸福的想像。我捨不得放手啊，妳能穿越父親的困頓而緊靠在我身上，多少使我訝異著人間竟然還有這樣的愛情，我多麼希望這種擁抱從小就有，從此過著沒有秋子也一樣幸福的人生。

可惜都來不及了。

我還是會在今後的任何角落等待著秋子，只因為有個故事還沒跟她說完。有關一隻羊的故事。原本我想把牠送給我一直懷著敵意的父親，沒想到後來牠被偷走了。結局其實就是這麼簡單。濃縮起來看，我的故事簡直就是一隻羊的故事罷了。男人的悲傷實在不該那麼微小，可就因為太過微小，戳進了生命中反而永遠拔不出來。

白琇小姐，秋子是我生命中的那隻羊。

但我知道她不會來了。此刻的我正走在初冬的堤防上，蘆葦已經白過頭，一路白到了海邊那樣蒼茫。我卻不是為了看海而來，而是會在潮聲洶湧的大轉彎處跳下堤防，從那條便道穿越橋梁，然後往下走，走到鎮中心那個天主教堂，那附近有個公園，妳父親那天的腳踏車就是從那裡出發的，妳們羅家就在公園後面的轉角下。

白琇小姐，我來看一眼最後的櫻花。

哪怕妳家已經沒有了櫻花，我也已經沒有秋子了啊。

因此，幾分鐘後，我將會來到妳家門口，我不敲門，只看它最後一眼，讓卑微的痛苦在這裡找到埋藏之處。但是我有點緊張，我不知道要突破人生的困境為何如此艱難——如果這一瞬間我遇見了妳的父親，我是應該躲起來避免使他驚嚇呢，還是不躲起來而任由自己悲哀地戰慄著。

此刻的我已經跳下了堤岸，果然大轉彎處的潮聲最為凶猛，妳父親那天就是從橋梁那邊轉進來的，一路聽著海潮音來的吧，停在咖啡店門口的時候是那麼優雅地微笑著。他當然笑得出來，但真的有那麼好聽的海潮音嗎，不過就是找不到沙灘的海浪罷了。

白琇小姐，今天中午我已經退掉了店租，所有的東西都送給屋主，傍晚就會搭車離開小鎮，就像那棵櫻花也離開了妳家的院子那樣。

我討厭海。

（推薦）

愛的輓歌

陳芳明

王定國的小說非常古典，他所寫出的人間感情，永遠是那樣執著、沉溺、哀傷。對於愛情的信仰，永遠是那樣執迷不悟；縱然面對人生的缺憾，那份愛往往徘徊不去。這種執念在台灣小說家中，可以說非常稀罕。世間的愛情可以寫到如此相信的地步，甚至已經化為一種迷信。王定國從來都是百般珍惜，嘗試用各種故事去描摹、去定義，甚至重新命名。完成了兩部短篇小說集，《那麼熱，那麼冷》與《誰在暗中眨眼睛》，似乎為我們這個時代帶來不少震撼。進入後現代的台灣社會，愛情開始產生變貌，並且流動於網路的虛擬世界裡。但是，在他的短篇故事裡，他總是塑造得那麼莊嚴而崇高，他所堅持的愛情價值，完全背對著庸俗的人間。

他的小說，從來不是以頭、腰、尾的黃金結構來鋪陳。整個小說敘述的過程，往往有太多的留白，在塑造人物的感情時，總是使用反白體的手法呈現出來。所謂反白體，便是並不直接進入故事核心，而是在人物的周邊釀造氣氛。有時不惜拉出毫不相干的情節，好像迷宮那樣找不到出口，但是到達終點時，讀者才覺得豁然開朗。留白或反白，在於創造豐富的想像空間，逗引著讀者的某種意念或欲望，不時會帶著高度好奇，最後終於發出驚嘆。他惜字如金，每一個逗點或句點都有微言大義。往往故事攀爬到峰頂時，他便勇於切斷，不再拖泥帶水。這種決絕的手筆，總是讓讀者晾在那裡，必須為自己過剩的情緒尋找自我排遣。千瘡百孔的人生，最難參透的莫過於愛。王定國的筆鋒之所以銳利，就在於他能夠處理我們所熟悉的恩怨情仇，並且將之陌生化，使陳舊的故事再度翻新。

在兩部短篇故事的基礎上，他終於為我們寫出一部長篇小說《敵人的櫻花》。有關情場與商場的故事，這是一個老掉牙的議題，稍微不慎，就有可能淪為言情小說。同樣是俗不可耐的愛情，來到他的筆下，卻發生點石成金的效用。他的姿態相當矜持，他對詩意也相當堅持。因為是矜持，他從不給愛情一個明白的說法。因為是堅持，他在遣詞用字時，簡直就像寫詩那樣，一行一行羅列起來，放射出太多的聯想。這是一個屬於失妻記的故事，或是一個被騙失身的小說，這樣的題材好像已經到了羅掘具窮的地步。王定國卻開出一個新的格局。小說的開始其實就是結局，緊接下來的一切敘述，都在於解釋生命的哀傷是如何形成。

四個人物構成了張力相當飽滿的愛情對決：我、秋子、羅毅明、羅白琇，形成了兩個敵對的陣營。我與秋子是一對新婚夫婦，年老的富豪羅毅明卻奪走妻子，白琇是羅的女兒，似乎扮演著贖罪的角色。年輕夫婦的前景顯然非常亮麗，他們擁有確切的目標共同追求，兩人希望有一天擁有一幢房屋可供棲身。但是生命道路卻在最細微的地方出現岔口，從此愛情也跟著變質。最小的事物往往牽動著巨大的命運，我與秋子這一對新婚夫妻，購買了一個相當可愛的小嘴茶壺，卻得到一個單眼相機的大獎。秋子從此沉溺於攝影技巧，岔路從此便因而展開。她去選修攝影課程，負責義務教學的正是富豪羅毅明。這位在鄉里獲得尊敬的長者，最後竟橫刀奪愛，使小說中的我，在一夜之間整個人生變得支離破碎。

故事裡，我是一個奮發的青年，在建設公司裡是負責行銷的創意設計。這種題材無疑就是王定國拿手的本行，從購地養地，一直到建設大樓、行銷創意，各種眉角都在他的掌握之中。故事設定在九二一大地震之後，歷經SARS的侵襲，使整個建築業有了重新洗牌的機會。在最精采的世紀之交，有多少小人物正要通過最殘酷的考驗。擁有善良心靈的秋子，為了追求更美好的生活，在花店工作之餘，還特地去學習攝影。她看見自己的丈夫我，在建設公司獲得提拔，並且也有機會投資入股時，她也想盡辦法去籌措貸款。在最迫切的時刻，秋子向羅毅明要求借貸，為的是讓丈夫沒有後顧之憂。如此善良的動機，卻使羅毅明有了可乘之機。秋子失身之後，從此也宣告失蹤。

王定國在處理故事時，從來不會交代細節。他擅長採取跳躍式的敘述，讓出相當寬廣的空間，容許讀者自行填補更多的想像。在小鎮擁有善行美譽的羅毅明，背後其實隱藏著相當深邃的黑暗面。他的德行獲得肯定之際，他的良心譴責也就相形更加沉重。這種人格上的反差，點出了王定國用筆之幽微。在陽光下獲得稱讚越多的羅毅明，反而在內心幽暗處找不到任何救贖。而失去秋子的我，終於無法在建設公司裡繼續賣命，而選擇到小鎮的海邊經營咖啡店。命運之神自有安排，讓羅毅明無意之間走進咖啡店，卻相當錯愕，與店主的我不期而遇。在愛情的疆界裡，他們是對敵的兩個人。懷恨的我並未惡語相向，但羅毅明離開咖啡店後，便開始生病，終而企圖跳樓自殺。

羅毅明的女兒羅白琇事後來造訪咖啡店，似乎希望理出頭緒，並且獲得諒解。藉由倒敘的記憶，秋子的行蹤逐漸清晰起來。白琇攜來兩張羅家豪宅的照片，一張是櫻花盛開的景象，一張是櫻花全部遭到剷除的荒涼。整部小說的象徵，在櫻花的盛開與消亡之間獲得詮釋。燦爛的花開是羅毅明生命旺盛的暗示，也是秋子學習攝影時的主要景物。當櫻花全部鏟除，意味著秋子的失蹤，同時也象徵著羅毅明生命的終結。小說中的我寫了一行字：「敵人在夢中殲滅，櫻花在床頭盛開」。整部小說既是失妻記，也是復仇記。在愛情裡，從來沒有人是勝利者。

故事最迷人之處，便是背德者羅毅明與愛妻秋子從來沒有真正現身，而是透過主角我與羅白琇之間的對話，逐漸敷衍而成。王定國擅長使用墨汁暈開的方式，讓故事緩緩延伸出去。當他描述人物心情時，都是以襯托的手法彰顯出來。當敘述者向白琇小姐說出這句話：「一個悲劇竟然是從喜悅中醞釀出來的」，似乎已經暗示人的命運從來無可躲避，注定即將發生的任何悲情或悲劇，沒有人可以輕易獲得庇護。縱然是明朗的天空也會投下陰影，而櫻花的盛開，似乎也無法逃避凋萎的命運。王定國所使用的抒情語言，總是沾黏著難以拭去的哀傷。在他遣詞用字之際，總是把讀者的心情逼到一個角落，彷彿陷於一個困境，終於不能掙脫。

王定國借用反白體的敘述，穿插太多懸宕的過程。他並不說出完整的故事，總是在關鍵處引出一條跡線，任由讀者去摸索。在第一章就已經出現這樣的暗示：「當然，在我們剛開始前往羅家或者海邊的路上，什麼事都還沒有發生。如果那是一條歧路，也只是忽然出現的歧路而已，沒有人知道它即將通往黑暗的幽林，何況沿途還有綺麗的風光，我們甚至為著迷人的景緻而一路充滿著歡喜。」福禍是如此相倚，命運是如此深不可測。閱讀王定國的文字，不免沉溺在他迷人的抒情節奏裡。但是，那終究是一首愛的輓歌，讓我們深深被遺棄在無盡的悲傷裡。

二〇一五年七月十四日　政大台文所

（推薦）

平反「寫實」，平反「悲情」

楊照

1

讀王定國的長篇小說《敵人的櫻花》，讓我不禁想起他早年的傑作〈宣讀之日〉，那篇小說裡，也有一個自沉水底的父親，也有一個因父親的自殺決定而感到困惑及受傷的兒子。再一想，不只是〈宣讀之日〉，同樣那個時期，他還寫過〈君父的一日〉，寫兒子目睹父親決定占有客人遺失的十萬元現金的過程。

都是父親，而且都是在兒子面前挫敗了的父親。

這個主題，對王定國具有特殊分量，應該也是理解王定國小說的一條重要線索，如果我們要理解的，不是他小說的寫作技藝，而是支撐著他的小說，尤其支撐著他多年之後，重返小說創作努力的根本關懷的話。

我們還是可以借助佛洛伊德的洞見來分析王定國小說中的父子主題。不過，我們看到的，是頭下腳上顛倒過來的「伊底帕斯情結」。崇拜著、懼怕著父親權威的兒子，還來不及在人格中長養出「弒父」的勇氣與能力，在他不預期、沒有準備的情況下，應該被崇拜、被懼怕的父親形象，突然就垮了，在他眼前無情地瓦解成一灘爛泥。

撐不到讓兒子來克服的父親形象。失敗的、被打垮的父親形象。當然，後面不言而喻的連帶代價，更直接、更表面的代價，失去了父親保護與資助的兒子，被迫孤伶伶地提早應付外在的世界，各種外在的現實壓力。

沒有了佛洛伊德視之為必然的父親權威，茫然失去了父親的男孩，應該怎麼辦？早早就無父可弒，反而要承擔父親的挫折與失敗，進而承擔父親的終極懦弱逃避決定的男孩，應該怎麼辦？站在土崩瓦解的父親權威旁，他別無選擇地認識了那足以打垮父親，比父親強大百倍千倍的力量。

那力量，一言以蔽之，是社會的現實、現實的社會。有著明確地位高低劃分的社會，把一個父親壓得低低的，讓他的兒子也抬不起頭來。更嚴重、更可怕的，是金錢、是財富，是對於金錢與財富的嚮往，足可以逼著一個父親繳交出所有的自尊、自信，以及自己的生命。

不管他喜不喜歡，不管他要不要，王定國小說中的敘述者，早早就活在敵人的陰影下，對那打垮了他的父親的力量，他該怎麼辦？

他應該要起而奮戰抵抗？可是連他父親都無能反抗而被殘酷壓垮了，一個甚至失去了父親保護的男孩，拿什麼去抵抗，又怎麼期待可以在奮戰中獲得什麼？不然，他就應該要投降輸誠了？可是他明明就目睹了父親失去自尊、自信的慘狀，明明就留下了屈辱的痛苦，又要如何說服自己遺忘這一切，甘心站到敵人那邊去？

2

較長的篇幅，讓王定國可以在《敵人的櫻花》中，更細膩也更全面地凝視、刻畫這個人生難局。

小說中的敘述者一度以為自己找出了一條依違於反抗與投降的道路。跟隨著「馬達老闆」，他進入了這套金錢、財富系統的核心處，可以正眼看見他們的運作，不再向父親被拋擲在邊緣，無助地被困死、被逼死。出門要開三輛車，充滿了不安全的「馬達老闆」顯現出了這套系統內部的脆弱，也拉平了敘述者和這個龐大系統間原有的巨大、絕對的不平等。

更重要的，他找到了秋子，找到了愛情，也就找到了一個看來不在這套現實系統統納、控制中的元素。愛情最珍貴之處，正在於那完全沒有現實理由的人與人真切聯繫。暴雨突來的情況下，一群擠著躲雨的人群間，沒有理由、沒有任何現實理由存在的可能，一個女孩在雨棚下「突然主動往前靠了上去，然後伸出一隻手，手是從她背後伸出來的，無緣無故朝我勾著小指頭，很像一家人在外躲雨，再怎麼樣也要把我攏在一起似地。」

那一瞬間，沒有家人的「我」雖然身體沒有靠過去，他的心、他的靈魂全面地朝那根小指躲了過去。「這小小的動作讓我非常錯愕，儘管不便靠上去，卻有股衝動想要多知道一些，我體會不到她的想法是否和我一致，是那麼陌生又善良，一下子把我其實已經孤單很久的心靈完全勾了出來。」

然而，他找到的這條路，遠比他知道的、想像得到的來得曲折、狹窄、黯淡，而且在每一個看得見或看不見的轉角處，都藏著一口口隨時會讓人掉進去的深井。

就在一個轉角處，他在金錢、財富系統中的機會，和他的愛情交錯了，原本看似純然無害的生活細節——茶壺、單眼相機、竹筍的價錢、免費的攝影課以及，唉，越牆而來的櫻花，竟然組構成一場足以將他的人生道路徹底掩埋的坍方。

當時將他父親溺沉在水中的力量，那無所不在的現實力量，回來了。不理會他的努力與小心防備，那力量換上另一張父親的臉孔出現，一個慈愛的、溫暖的，違反了所有現實算計形象的代理父親，讓他和秋子靠了過去，一步一步接近那宿命般的坍方掩埋之處……

3

《敵人的櫻花》更明確地顯示了久別歸來的王定國，其人其作的根本意義。在王定國筆下，兩項長期以來在台灣小說界備受嘲弄的元素，獲得了平反——一是「寫實」，另一則是「悲情」。

王定國運用的，都是寫實的筆法，沒有魔幻、沒有後設，甚至沒有作者的曖昧評論，也沒有複雜炫目的時空跳接。王定國這些長短不一，源源創造的作品，證明了「寫實」仍然有其無可取代的敘述地位，而且和許多人率爾相信的說法不同——「寫實」尚未窮盡其敘述作用上的種種可能，恐怕也永遠不會窮盡。

在「寫實」的樸實手法推進中，《敵人的櫻花》成功地製造出了高度的懸疑感，成功地將好幾線在不同時空進行的故事，交錯卻不紊亂地在讀者眼前次第展開，現場、回憶、重敘的故事，彼此交疊、互相感染，卻絕對不困惑、不挑戰讀者的閱讀常識準備。

也是在「寫實」的手法中，王定國寫出了一個個讓人能理解也能感應的角色。不只是敘述者和他深愛的秋子，那身陷家族喜鬧劇中的「馬達老闆」也吸走了我們許多注意與關切。甚至是那以鬼魅形影出場的「白琇小姐」，我們也都在一邊感謝她代為逼問出敘述者身分的同時，準備好了要接受他在小說結尾處的崩潰。還有那原本應該扮演加害者角色的羅毅明，卻從頭到尾沒有表現過任何猙獰的神色，反而是惶然敗退，失去了強者的地位，也失去了強者的依恃。

因為王定國沒有要我們恨他。放在今天的台灣小說中顯得如此稀有、特別，王定國的小說中幾乎沒有憤怒、沒有暴烈發洩。他要寫的，他要我們看到的，不是羅毅明，而是那更廣大的現實，那驅使每個人在金錢與權力中錯亂的系統。而即便面對現實與系統，王定國的態度，仍然不是熱情控訴、熱血批判，而是無盡湧動的悲傷與哀憐。

這是不折不扣的「悲情」，而且是不折不扣的「台灣悲情」。就在大家認為以「悲情」來呈現台灣已經如此俗濫，王定國卻堅持「悲情」立場，而且堅持找到了讓我們無法抗拒、無法否認「悲情」的文學筆法。和面對「寫實」一樣，王定國也安安靜靜，不敲鑼不打鼓，單純只是用復出後寫的三本小說，證明了「悲情」並沒有被寫盡，對於被現實逼在窒息邊緣的人，我們知道的、認識的，遠遠不夠。

寫實、悲情的王定國，接上了台灣曾經發光發熱的「鄉土文學」傳統。他成功地在人與生活與歷史都離開了農村，土地用途由農業生產轉化為建設開發時，將寫實之眼、悲情之心投注到了都市與商業領域。那當然已經不再是「鄉土文學」了，但那份對被財富與權力傷害的人的關注，那份以寫實傳遞悲情，讓更多人透見現實傷害與毀壞的決心，穿越了三十年的時空，保留在王定國的最新作品中，靠著他的堅持，在部分讀者心中撿回了寫實的信念、更撿回了高貴的悲情之光。

（推薦）

一隻羊與馬林魚

賴香吟

如果還沒有準備好，我們可以不要開始。

偏偏，人生諸多事態總是來不及準備，準備也未必周全，人的愚蠢，甚至不知要準備，事端的起頭通常那麼微小，出乎意外的轉折忽然來臨，我們只好稱呼為：「命運」。

還在不久之前，短篇小說〈我的杜思妥〉裡，人物說得狂妄：「要改變命運就要賭一把」，來到〈敵人的櫻花〉，短篇裡經常賭一把的王定國，進入長篇似乎不賭了，在命運垂手可以改變之際，降下身來與人物一同隨命運擺布，迎前或向後，看命運沿著怎麼樣的路徑來？看一個人，在命運翻弄之間，能努力什麼？剩下什麼？

《敵人的櫻花》角色似曾相識，可說他們是〈我的杜思妥〉＋〈某某〉的綜合體，亦可說是〈沙戲〉後續版，建設公司、廣告業務經歷，為江湖老闆包裝形象的特助角色，戲劇性的流標、綁架事件，仍為背景，不過，相比於短篇的機智精巧，「敵人」有那麼點素面相見，好不容易來到家裡對杯長談的一個午後，說了一曲青春之戀，一段命運之海載浮載沉的過程，甚至，老梗新插，提起《老人與海》，海明威的金句：人可以被摧毀，不能被擊倒。

我不是很願意將一篇作品簡單定義於特定主題，閱讀王定國小說，重點與樂趣也不在這裡。不過，若說王定國小說擅長寫摧毀，應該可以成立，其中，挺住摧毀的堅韌往往來自記憶底層的敵意與激情，不過，另一個角度，真正擊倒自我，往往也是來自記憶裡的屈辱與恐懼。

幾個關鍵字：敵意與激情、屈辱與恐懼，依然繞著「敵人」打轉。人的一生，難免執迷不悟於幾個過不去的人物、一些無法忘記的噩夢、屢屢走不出來的糾結，文學作品更常見這些執迷的重複。重複，放在現實生活未必是件好事，放進藝術卻可能形成風格，作家一生迷霧穿梭、搏鬥、勝負與完成，寂寞而殘忍成就了我們讀到的小說，作為讀者，說來竟可自私希望作家有過不去的死結，懲罰他們如西西佛斯反覆對幾塊生命的石頭，琢磨出不可思議的色澤與圖紋。

相對於魔術表演般的短篇，「敵人」看起來圖紋比較具象，沒在假借、轉注能力為難我們太多，直接指事、敘事，看人論事亦多些餘地。這餘地一方面是長篇體裁所帶來，一方面或是兩部小說噴發在前，這休眠多年的火山，於新作陸續釋放的似是一種深層、更大範圍的餘熱，過去諸多纏繞情結，在「敵人」匯整，有溯源也有清算，永恆的女主角登場頻繁，有了相對清楚的面貌，不過，卻也一夕之間無蹤無跡，換來一個作為聽者的配角白琇小姐，對自我放逐的主述者，抖開美麗的印染布，彷彿要施展神祕而溫柔的魔法：「我一定要想辦法喚醒你的靈魂。」

靈魂是什麼？這是大哉問了，不如回頭看看我們從哪裡起始就弄丟了靈魂。白琇小姐的魔法布，是王定國小說裡熟悉的天涯淪落人的溫暖，未必與愛相關的垂憐，經由這魔法，故事難得從童年娓娓道來，「我已經穿好了鞋子，妳來把我喚醒吧，因為我就要出發了」，走上悲喜交織的人生，那是從一隻羊開始盼望的，不，說盼望是過於柔美了，應該說，因為不幸而懷著敵意，非得努力掙來一個幸福人生不可，如同盼望一隻羊的長大，每天給牠餵餵食，夜裡跟牠說說話，羊會長大，幸福也會來，幸福之於我是可能的。

「我想把牠送給我一直懷著敵意的父親，沒想到後來牠被偷走了。」不夠成功，不夠光彩，也不夠悲慘。童稚的激情是強烈的，卻在中途被偷走了，接下來的人生還那麼長。悲傷儘管微小也還是悲傷，有時，反因為它的細微，而更難俐落拔出來。

主述者說：「白琇小姐，秋子是我生命中的那隻羊。」

秋子，是這篇故事裡的女主角。在〈某某〉，她是初戀情人，在〈我的杜思妥〉，她是靜子，在〈世人皆蠢〉，她是小曼。王定國小說總不缺少一個天真無垢的女子，伸出援手拉起主述者的生命。秋子純淨良善宛若天生，說話有著一種「小麻雀的單音」，人間塵埃連她的臉頰都沾不了，遑論她的心。這樣的女性原型，反覆出現於王定國各篇小說，使生命如春雨豐潤，可人生與愛畢竟也是大自然，隨之緊隨或有暴裂的夏季、荒收的秋季，以及盡頭迢遙的冬季。

最深的愛裡，總埋藏最深的恐懼。

即使是在最飽滿的情感描寫裡，關於無常以及背叛的陰影，揮之不去地在王定國的小說裡反覆糾纏。混雜著階級差異，純美但無善果的遙遠初戀，老是過不去，現下家居日常又埋藏害怕的種子。提一段過去的描述為例（出自短篇小說〈某某〉）：日常床第間摸索求歡的一隻手，被冰冷以待的同時，勾起童年賣饅頭的困窮記憶，因為太珍惜呵護蒸籠裡的熱饅頭，以至於捨不得掀開白布，而把自己的手伸進去好謹慎摸了個熱騰騰的饅頭出來……

客人卻把饅頭拍到地上：「我還敢吃嗎？你用這隻髒手。」

「有了那樣的屈辱，後來只要遇到任何挫折，總會想起自己的手是不是又弄髒了呢？」

瑪德蓮小蛋糕可以喚起幸福記憶，但也有這樣的熱饅頭，揮之不去想起了屈辱。

王定國的小說最常在這種無心而柔軟的受辱時刻，使我們敗下陣來，於無聲處聽驚雷。各個角色，即便如何磨練、偽裝成不受傷害、難以識破的社會成人，可內心依舊是那個貧窮與孤獨緊緊跟隨的小男孩，要打倒他只消一點點細碎記憶，一時半刻的善良、純淨的愛，他便心甘情願成為情感關係裡的人質，初心不改呵護所有，也因此，生命便有了不堪一擊的柔軟之處，「敵人」文中的主述者，怎樣的窮困與工作都能承受，但當秋子一消失，便如同玩偶斷了線，失序成為一個消極等待的人。

若非有敵人，他的生命不能凝聚起來。卑微者，有時連把對手當敵人的勇氣也不見得有，階級與權勢從背上緊緊壓著，使他覺得受辱也應然，倘若階級與權勢還包裹著品味或道德的糖衣，那是叫人更加自慚形穢。若非在關鍵時刻目睹了對手的怯弱與偽善，自我不可能反撲，生出了「我怎麼可以不活下來」的意志。

因而，在昔日戲言若有一日誰拋棄了誰就來此地苦苦等候之地，有了閒百無聊賴的咖啡館，等什麼？等秋子，等一個清白，等一個道歉？這些都太虛妄了，虛妄到世間懷疑你若非失常便是心懷不軌，然而，一個人的虛妄偏偏就是這麼重要，以至於沒有等到人生是很難回航的。

白琇小姐取笑他：「哪個男人像你，每天秋子秋子，一天到晚的秋子。」偏偏，王定國就是如此，這個「秋子」可以替換成為任何一篇小說的女主角，或是，徹底替換成「文學」。

用個可笑的譬喻，秋子或許是那尾馬林魚，「誰也不配吃它。」

敵人也可能是那尾馬林魚，《老人與海》裡，關於疼痛是這樣寫的：「我的疼痛不要緊。我能控制。但是它的疼痛能使它發瘋。」

或者，最根本的說法，文評家早說破了：馬林魚就是我們的人生。魚很大，非常大，回航的魚骨頭證明了這確實是場苦戰，至於誰是真正的勝利者，難以論斷。

秋子，我們永恆的女主角，說甜美些，是那隻被偷走的羊，說壯烈些，是被鯊魚啃光的馬林魚，過去所有的故事，讀起來，都像是圍繞著秋子說也說不完的故事，現在，故事說完了嗎？不說了嗎？這本小說，讀到後來，我起了點悵然，當敵與美皆不復存在，反抗（即使是虛妄）的意義還會繼續下去嗎？我們的小說家可以過著沒有女主角也同樣可以幸福（寫作）的人生嗎？

作家的執迷虛妄，西西佛斯之巨石，當作家一念之間，決定放手，讀者我們是否還能自私期待他繼續原地勞動？讀完此作，我隱隱然憂慮王定國是否又要讓我們等上幾年（我太希望自己的預感是錯了）？一山還有一山，王定國下一個高度會到哪裡？所謂後火山作用，指的是火山爆發後的岩漿地熱，可能改變地質，創造新土，王定國的新土，有什麼新芽正在生長呢？

《敵人的櫻花》裡，有個由小女孩變成大人的白琇小姐，《老人與海》裡，有個真心為老人疼痛流淚的男孩，即使老人運氣背到不能再背，他還是不肯離棄他。作者在本文寫到白琇小姐，難免故作滑稽甚至帶著取笑，但若有讀者作為那個男孩，或是寫作最大的報償。

因此，我是願意等待的，如同男孩守護搏鬥歸來的老人，幫他取來咖啡與食物，讓他好好睡一覺，讓他夢見獅子，然後，對他說：那條魚可沒有打敗你；我們又可以一起釣魚了；我還有好多東西要學，你可以把什麼都教給我……

（推薦）補白

初安民

1

那時，我離開了前一個職場，轉進到新創的公司，加會計共有四個人。草創的痛苦煎熬與炎涼的世俗人情，遠遠比我想像更加劇烈。

他專程來看我。在一個陽光普照的下午幾近黃昏時刻，啜完咖啡後，我們與另一位從事政治工作的好友，相約在中山北路條通間的一家日式料理店，淺飲著清酒與啤酒。煙霧裊裊時刻，酒意與飽滿的愁緒漸漸浮上心頭，但他細細的躲開了敏感話語而傳達了他對我的關心。

我們一直喝得很晚，顯然他有意當夜泊宿台北。送他進房間時，我們繼續著沒有打烊的話題。忽然，他緩緩自行囊中拿出一疊文稿。「是小說，沒錯。」這小說是自他前一篇小說完成後間隔了許多年後的新作。

翌日。滿懷感激的心情細細閱讀了這部作品。文字與意境依然有著他往昔般纖細如絲質的的凝練和沉穩，他「撤退」式的感情描摹，動人異常。鋪陳的情結轉折處，彷彿可以窺見他是為了支持我而「提前」完成了這篇小說。而我倚仗與他的友好與熟稔，在電話中一一指陳了其中一些細節。他「喔、喔。」的對應著。約莫半年後，這部短篇小說問世，是我執編他《美麗蒼茫》出版社的同一媒體，相隔已三年。

他是我的憂鬱。

我看到此冊書時，才恍然於自己粗糙的「指陳」，可能引發了他的不悅或是無法苟同，但他始終不曾有過不悅的話語，只是默默行動了他的美學。

他與我往來的日子依然冗長，沒有中斷，但很少留宿台北，再也不曾得見新作出現。

2

村上春樹在一篇短文〈柔軟的靈魂〉中：「田村卡夫卡以孤立無援的狀態離家出走，走進粗暴的成人世界去。而且在那裡有要傷害他的力量。那有的是現實的力量，有的是從超出現實的地方來的力量。但在這同時也有很多人想救他的靈魂。或結果救了他。他被流放到世界的盡頭，並以自己的力量轉回來。回來時，他已經不是以前的他了。他已邁向下一個階段。」

他給我的印象，似乎亦復如是。

他一直給我流放的感覺。流放於童年、流放於人群、流放於一棟一棟矗立的水泥森林，終極流放於歲月。而抵達一處無名深夜的驛站時，他總是毅力超人的尋覓到曙光所在出口，然後嚎啕大哭，因為「他正邁向下一個階段」。

現實與超出現實的力量，往往是惘惘存在卻又無聲無息，他的塑膠靈魂，通常冷冽拒人千里之外，剩下未曾溶解的一畝肉身，不是被救贖，是輾過。然後翻身而起，持續走著他既定的航程，軌道都是多餘，如同他有時總是身著西裝般的風衣，風衣般的西裝，在漸漸寒冷的季節。村上繼續說：「所有的人一輩子之間都在尋找某一種重要的東西，但能找到的人不多。而且如果幸運地能找到，實際上被找到的東西，往往已經致命性地被損壞了。雖然如此，我們還是不得不繼續尋找。因為如果不這樣的話，活著本身也會失去意義。」（見〈到遠方旅行的房間〉）

多年後，他找到了嗎？他拔地而起，箭矢般的筆射出精準的劍痕。滿地都是痛，不堪的痛。

3

兩個方形連在一起，就是長方形了。

他住在打通隔間（也許根本就不必打通，因為當初設計時，就注定是雙併的長方形。）的頂樓。暗沉的色系中，幾盞微弱鹵素燈抵不過落地窗外篩射進來的陽光亮麗，些許澀苦甘醇的烏龍茶汁，瞬時漫延開來，茶褐色與藍紫灰，不見繁華，彷如他慣常的衣著，如果不是移動，幾乎可以溶隱於牆面或者傢俬中。

自落地窗往外望去，路巷通衢熙來攘往著人群車輛，卻寂寥模糊起來，如果天天這樣往外望，李商隱「高閣客竟去，小園花亂飛。」的情景心緒，是不是也會一一浮起？

而房間不少，不曉得該打開哪扇房間的門來參觀，索性只是遠遠掃描般迴轉著身軀，算是禮貌吧。稍後，被主人引導至他的書房。他的書房也是冷清零落著不多的書籍，書桌也不算大，適合一人獨處。在他的書房，我定定對他說：

「你不可能再寫作了。」

「如果你能寫一篇小說，我就擺一桌請客。」

「如果你寫幾篇，我就擺幾桌。」

他：「……。」

很快。

很快他開始了小說作業，不過半年時間，他山洪暴發式的完成了五篇小說。這一次，我又細細閱讀他的作品，吃驚他飽滿淋漓的人生況味，現時，幾乎很少人寫這類小說了。他圓熟的跳過了流派的紛嚣，以不合時尚的衣裳，整齊、乾淨、真淳的穿越了湍急峽谷，安然抵達仍然爭鳴喋喋的花圃。

「喏，這是我，這是我執意剪裁的時裝。」彷彿聽見他這樣說。

兩個一百八十度，是否就是圓形，我不知道。

但一定是三百六十度。

4

也許，我們都有一個不快樂的童年，他甚至比我更不快樂，這是他與我相處以來，唯一的共同點，除此之外，我們的命運是全然在不同的航路匍匐。

我們看不見黑暗，因為我們就在黑暗裡。

我們各自提著一盞燈，能夠照亮的，只是眼前幽微的咫尺方寸，再遠一點的地方，都是遙遠的前方，無從尋覓。滿山遍野的櫻花，都是敵人的版圖。春天來臨時，我們能允諾每一片櫻花辦不再哀愁嗎？

文學叢書 458

敵人的櫻花

作　　者　王定國
總 編 輯　初安民
責任編輯　陳健瑜
美術編輯　林麗華
校　　對　吳美滿　陳健瑜　王定國

發 行 人　張書銘
出　　版　INK印刻文學生活雜誌出版有限公司
新北市中和區建一路249號8樓
電話：02-22281626
傳眞：02-22281598
e-mail：ink.book@msa.hinet.net
網　　址　舒讀網http：//www.sudu.cc

法律顧問　巨鼎博達法律事務所
施竣中律師
總 代 理　成陽出版股份有限公司
電話：03-3589000（代表號）
傳眞：03-3556521
郵政劃撥　19000691　成陽出版股份有限公司
印　　刷　海王印刷事業股份有限公司

港澳總經銷　泛華發行代理有限公司
地　　址　香港新界將軍澳工業邨駿昌街7號2樓
電　　話　(852) 2798 2220
傳　　眞　(852) 2796 5471
網　　址　www.gccd.com.hk

出版日期　2015年9月　初版
2016年1月30日　初版九刷
ISBN　978-986-387-053-1

定　價　330元

國家圖書館出版品預行編目資料

敵人的櫻花 / 王定國 著；
--初版，--新北市：INK印刻文學，
2015.09　面；　公分（文學叢書；458）
ISBN 978-986-387-053-1（平裝）
857.7　104014457